R

6892

2110

ÉPITRE AUX HUMAINS

PUBLIÉE

PAR ÉMISSIONS PARCELLAIRES.

CAHIER

COMPRENANT

LES HUIT PREMIÈRES ÉMISSIONS

IMPRIMÉES A PARIS,

de 1844 à 1846.

PARIS.

IMPRIMERIE ET FONDERIE DE RIGNOUX,

rue Monsieur-le-Prince, 29 bis.

1846

ÉPITRE AUX HUMAINS.

PAR

Le Commandeur ARSON.

Ire ÉMISSION PARCELLAIRE.

OUVERTURE.

PARIS.

RIGNOUX, IMPRIMEUR DE LA FACULTÉ DE MÉDECINE,

rue Monsieur-le-Prince, 29 *bis*.

—

1844

AVIS.

On trouve cette 1re *Émission* chez le Concierge de la maison Charrière, rue de l'École-de-Médecine, 6, au prix de *deux sous*.

ÉPITRE AUX HUMAINS.

PREMIÈRE ÉMISSION

PROMULGUÉE SOUS LE SCEAU

⸗ **Le fondateur du 1ᵉʳ des 4 ☐** ⸗

OUVERTURE

D'un événement de la dernière grandeur, tant par le prodigieux prolongement temporel, qui pourrait le suivre que par sa nature sublime, pouvant s'élever graduellement vers son idéal de perfectibilité jusqu'au degré le plus réalisable possible, et qui, par la bonté des résultats qu'il laissera déjà entrevoir, dès qu'il poindra à l'horizon spirituel, intéressera profondément sans doute les hommes qui, par réminiscence humanitaire, ont foi et prêtent créance aux promesses mystérieuses (religieusement semées) de l'établisment du *Bien suprême* sur la Terre, enfanté par le perfectionnement de la liberté humaine ; car ces résultats se résumeront par la forme, et dès ici-bas, en une universalité fraternelle rayonnant autour du centre de la paternité divine : Ouverture dont l'annonce ayant été consignée dans une lettre écrite et adressée aux administrateurs du journal *la France,* c'est à transcrire ici cette lettre, pour la rendre publique, et à faire connaître les conséquences que l'auteur a tirées de son effet négatif, qu'il bornera cette première *émission* de ses actes parlants.

AUX ADMINISTRATEURS DU JOURNAL *LA FRANCE*.

« MESSIEURS,

« J'ai mission de porter des paroles salutaires aux hommes
« de notre monde. Or, la vérité du fond d'une telle déclara-
« tion, qui, si elle était prouvée, resterait encore au premier
« moment de son émission presque incroyable pour ceux
« même qui soumettent toute proposition à la sanction de
« de la raison ; ma déclaration, dis-je, sera d'autant moins
« admise comme valable par eux et d'autant moins admis-
« sible par ceux que la foi seule guide que je ne la promulgue
« ici, moi inconnu de la multitude et sans aucun caractère
« patent inspirant et encore moins commandant la con-
« fiance, qu'animiquement soutenue de ma simple assertion.
« Mais laissant au temps, élément indispensable à l'accrois-
« sement de toute chose, de permettre qu'elle soit revêtue
« de cette haute confirmation que postule sa nature divine
« pour pouvoir dominer la Terre à titre de vérité incontes-
« table ; et posant comme vraie cette mission dont je me dis
« investi, je dois évidemment, pour la remplir avantageuse-
« ment, mettre à profit les moyens les plus convenables à sa
« propagation entre ceux qu'offrent nos temps actuels, et
« particulièrement, puisqu'il s'agit de la diffusion de la pa-
« role, entre ceux dont se servent les écrivains pour répan-
« dre leurs ouvrages. Cependant, comme les paroles divines
« que j'ai à émettre réclament, pour se présenter avec di-
« gnité, une voie de publication qui les place dès leur appa-
« rition en dehors de cette foule d'écrits qui inondent le

«champ littéraire, et parmi lesquels je me plais d'ailleurs
«à rendre hommage ici aux bons, j'ai pensé qu'il convien-
«drait à mon but de me servir d'un organe de la presse pé-
«riodique, suffisamment accrédité dans le public, qui, em-
«brassant ma cause avec bonne foi, et dans le seul intérêt de
«la Vérité, la mît en lumière et devînt, sinon l'interprète
«de mes assertions, au point de se rendre garant de leur
«justesse, du moins le propagateur de mes Écrits, en leur
«prêtant d'abord une portion de la publicité dont il dispose.
«Maintenant, voulant réaliser cette intention, j'ai jeté mon
«dévolu sur votre journal, et voici les motifs qui m'enga-
«gent à vous donner la préférence sur tout autre en cette
«affaire.

«En 1830, ayant cru entrevoir, pour ne pas dire plus,
«qu'une mission de salut venait de m'être confiée, je me livrai
«immédiatement, sur la voie intuitive, à l'étude théorique
«qu'exigeait l'exécution, et que surtout réclamait la véri-
«fication d'un mandat si exalté et si inattendu ; car ce n'é-
«tait que dans les profonds résultats d'une telle étude que
«je pouvais puiser, pour la vérification de la réalité de ma
«mission, le principe de sa confirmation infaillible, sans
«laquelle je n'aurais jamais pu me résoudre à entreprendre
«son exécution. En effet, une telle confirmation ne devant
«pas être fournie du dehors entièrement confectionnée pour
«ne pas frustrer l'homme de l'efficace garantie de sa valeur
«personnelle qui le rend méritant devant Dieu, il ne peut la
«trouver, en l'absence de toute explicite communication
«confirmative, miraculeuse ou traditionnelle, qu'à la suite
«d'une investigation spontanée de la Vérité, qui, lui faisant

«dissiper le néant qui l'entoure, lui donne le mérite à ses
«propres yeux d'être sorti par lui-même des ombres de la
«mort où le retenait l'ignorance, et d'où aurait pu l'empê-
«cher de sortir un manque de bonne volonté : fondement
«primordial de tout établissement personnel dans l'ordre
«divin, qui, en fournissant à l'homme la garantie de sa
«puissance intellective, le met à même aussi de pouvoir ap-
«précier la valeur morale de ses actes dans leurs détermina-
«tions spéculatives. — Or, après cinq années d'étude passées
«dans la retraite, et inspirativement aidé de la Providence,
«Elle me dirigea occultement vers les études historiques
«comme étant le complément qui devait rendre ma mission
«praticable.

«Dans ces circonstances, et entre autres, pour me mettre
«et me tenir au courant des événements du monde, je dus
«penser à me pourvoir d'un journal quotidien; et l'univer-
«salité de ma mission, avec laquelle concordait ma manière
«de voir la politique sociale, avant même mon initiation aux
«arcanes divins, me prohibant de prendre parti avant mûr
«examen pour aucune opinion spéciale, c'est le *Narrateur*
«*universel* qui me fut signalé et qui me parut, d'après son
«titre, devoir me convenir. Je le pris donc; mais au bout
«d'un assez court laps de temps ce journal se fondit dans le
«vôtre, qui portait alors, je crois, pour titre *Brid'Oison*,
«que vous transformâtes vers cette époque en celui de *la*
«*France;* et ce fut sous ce dernier titre que je le reçus en
«remplacement du *Narrateur.* Cependant la forme démon-
«strative donnée, sous un aspect par trop exclusif, au déve-
«loppement de vos opinions, irritantes par leur énergique
«vivacité plus encore que par leur inflexibilité apparente
«(opinions, je ne dirai pas entièrement opposées à mes

«vues de juste-milieu, mais inutiles au seul besoin que je
«cherchais à satisfaire par la lecture d'un journal, celui de
«me tenir au courant des événements), ne me permettant
«pas de vous adopter sans réflexion, je vous laissai, et je
«résolus de m'abstenir pour quelque temps de faire un
«choix entre les feuilles périodiques; attendant que la Pro-
«vidence me fit avoir indirectement l'aliment spirituel qui
«me convenait en ce genre. Ce fut en vain que j'attendis,
«rien à cet égard ne vint à moi; et voyant que j'en étais ré-
«duit à lire à l'aventure tantôt un journal, tantôt un autre,
«et quelquefois aucun, je présumai, ce train de lecture ainsi
«disjoint ne m'étant pas assez profitable, que je ferais dans
«cette occurrence une bonne application de mon libre dis-
«cernement en retournant à vous.

«C'est ce que je fis à partir du commencement de 1836,
«m'évertuant à vous lire avec fruit, et cela, négativement,
«en mettant de côté ce qui ne pouvait contribuer à me don-
«ner cette connaissance des faits que j'avais à recueillir dans
«un journal, et, positivement, en cherchant à vous inter-
«préter à fond, pour découvrir quelle fonction vous rem-
«plissiez dans l'avancement de l'Humanité : ce à quoi je par-
«vins bientôt et facilement, parce qu'au fond des exigences
«extrêmes des opinions spéciales que vous professez vous
«aviez le talent, fermes sur le piédestal de la Vérité, inaper-
«çue des lecteurs passionnés et superficiels, d'insinuer, pour
«vos lecteurs intelligents et libres, dans vos articles impor-
«tants, le pour et le contre du sujet qui, selon l'ordre du
«jour, était en cours d'exposition. Aussi je m'étais tellement
«habitué pendant huit ans à la rédaction de votre feuille
«journalière qu'elle était devenue pour moi comme un com-
«pagnon avec qui je voyageais en relation intime.

BIBLIOTHÈQUE ROYALE

«Cependant, ayant reçu providentiellement l'ordre de
«venir exhiber mon mandat à Paris, et étant parti de Nice
«à cet effet vers la fin de mars dernier, avec l'intention, au
«sujet d'un journal, de reprendre ici la lecture du vôtre, il
«m'est advenu, pendant les vingt-cinq jours qu'a duré mon
«voyage, que chaque soir, quand je demandais un journal
«à l'auberge, c'était presque toujours *le Siècle* qui m'était
«présenté, et même, arrivé ici, et à l'hôtel où je descendis,
«ce fut encore *le Siècle* qui fut mis sous mes yeux.

«Or, comme, depuis que j'ai reçu des communications
«pneumatico-célestes, les événements qui m'atteignent ont
«pour moi, pour peu qu'ils sortent du cercle des événements
«coutumiers, une signification exécutive applicable à ma
«mission, je conclus de ce qui venait de m'arriver au sujet
«de la lecture d'un journal quotidien, que c'était *le Siècle,*
«et non plus *la France,* qui, du moins dans le commence-
«ment de ma pose à Paris, devait être mon répétiteur des
«faits publics; et en conséquence je me suis abonné au *Siècle*
«jusqu'à la fin d'octobre prochain.

«Mais *la France* et *le Siècle* étant les deux seuls journaux
«qui soient venus à moi depuis que je me sais providentiel-
«lement illuminé, c'est vers ces deux, et premièrement vers
«le vôtre, que je dois me diriger dans la recherche d'un aide
«public. C'est ce que je fais par ma démarche actuelle, qui,
«dans aucun cas, je crois pouvoir en être sûr, ne saurait être
«mal venue auprès de vous, Messieurs. Quoi qu'il en soit, si
«vous ne consentiez pas à vous charger de la commission que

«je vous propose, je vous préviens, ne voulant pas vous don-
«ner une peine inutile, que votre silence durant quelques
«jours me suffira. Dans le cas contraire, que d'ailleurs votre
«consentement à ma proposition soit sans réserve ou con-
«ditionnel, ou même si vous jugiez devoir, par politesse,
«m'exprimer votre refus autrement que par le silence, vous
«n'auriez qu'à introduire dans votre journal, et sous telle
«forme qui vous conviendra le mieux, un article concernant
«ma demande. — Voilà à quoi je réduis, dans cette tentative
«d'introduction, votre reflet à mon appel; car bien loin de
«désirer que vous me fassiez l'honneur de me répondre pri-
«vativement, je vous déclare que, tous mes pas devant être
«faits à la clarté du soleil, mon intention, conformément
«aux prescriptions de mon devoir sur ce point, est de ne
«donner ouverture, sans nécessité, à aucune correspon-
«dance particulière qui, en quelque manière, se rattache-
«rait à ma mission.

«Je ne me dissimule pas combien va vous paraître étrange
«ma brusque démarche, et combien il serait peu probable
«que vous acceptassiez ma proposition, se présentant
«comme pouvant, par son acceptation, compromettre votre
«spécialité, et n'étant accompagnée que d'une déclaration
«soi-disant céleste, on ne peut plus contestable dans sa vé-
«rité, dépourvue qu'elle est dans cette lettre-ci de toute
«élucidation probatique, ternie même au point de vue or-
«dinaire par une prolixe narration, en apparence puérile,
«des circonstances et des motifs qui m'ont lié à votre jour-
«nal, si je n'avais affaire qu'à des hommes médiocres. —

«Aussi n'ai-je l'espoir de réussir auprès de vous qu'en « supposant en vos esprits un pressentiment de la Vérité assez « profondément établi et en virtualité actuellement expansive, « pour que la simple possibilité de la réalité de ma mission vous « trouve d'avance résignés aux épreuves des petits désagré- «ments que vous auriez à essuyer, dans le cas que le fond « de mon annonce de mandataire d'En-Haut ne provînt que « d'une illusion de ma part. Je dis petits désagréments, parce « que, sans contredit, mon illusion, si elle en était une, se «réduirait pour votre part, et sans que vous fussiez obligés « de la partager ouvertement, à votre consentement accordé « au remplissage de quelques-unes de vos pages par certaines « phrases emphatiques, boursouflées d'un lyrisme nouveau « accommodé à notre époque, c'est-à-dire à prétention ra- «tionnelle, phrases qui, aventurées dans le monde sans portée «efficace, pourraient tout au plus jeter sur votre feuille un «souffle de ridicule passager; tandis que si mon assertion est «vraie, vous auriez la gloire d'avoir été les premiers pro- « pagateurs de la Vérité au dix-neuvième siècle, de la Vérité «sous les formes régénératrices dont elle se revêt de nos «jours.

«Dans l'attente de votre résolution, je vous prie, Mes- «sieurs, de choisir entre les bonnes et belles formules ter- «minales des missives celle que vous croirez qui vous va le «mieux; car c'est celle-là que mentalement je pose ici.

Émis $\begin{cases} \text{à Paris,} & \text{le 7 à 6} \\ \text{sur le Globe, du 7 au 8} \end{cases}$ août 1844 $= 4 \begin{cases} 1\ (12)\ 6 \\ 2\ (0)\ 0 \end{cases}$ jours coïncidents.

(*Signé*) Le Commandeur ARSON.

Cette lettre, dont je viens de donner la copie, que j'ai
remise moi-même à un bureau de poste et que j'ai eu la
précaution d'affranchir, étant restée sans aucune réponse
expresse, j'ai dû considérer le silence gardé à son sujet,
non comme le signe d'une indifférence de ces messieurs de
la France à l'égard de la grandeur de l'objet proposé à leur
admiration (j'ai une trop haute opinion d'eux pour avoir
pu les soupçonner un seul instant d'être arriérés au point
de montrer tant de faiblesse dans une circonstance décisive où il s'agit pour l'Humanité de son entrée, oui ou non,
dans le port du salut), mais comme un simple refus diri-
mant d'adhésion à ma proposition, refus dont il serait non
convenable de chercher à pénétrer les motifs ouvertement.

Or, cette voie que je tentais de me frayer pour y rencon-
trer un aide public m'étant fermée dès le premier pas que
j'ai voulu y poser, il devient constant pour moi que non-
seulement je ne dois pas continuer à faire d'autres appels
de cette nature, mais que même je dois m'abstenir de tout
appel directement personnel, quelque faible que serait le
service que j'aurais à demander pour l'accomplissement de
ma mission, à l'égard de laquelle il convient que je reste
dans l'isolement spirituel dont, selon les desseins providentiels, j'ai été entouré depuis 1830 ; tout appel de ma part à ce
sujet devant s'adresser impérativement à la conscience de
l'Humanité et en particulier à la liberté de ceux qui la
représenteront dans chaque partie déterminée des institu-
tions spécifiques qu'il y aura à préparer pour le bonheur
de tous. — Il suit, en outre de cette nouvelle résolution

prise après mon infructueuse tentative, que je dois aussi renoncer à me servir de la voie la plus rapide et la plus éclatante pour la propagation de mes Écrits, et me résoudre à marcher sans faste sur le chemin battu par les écrivains modestes; laissant à la Providence le soin de désencombrer la route que j'ai à parcourir et de mettre en lumière mes véhicules.

Et de cette manière, si, partant du plus petit moyen pour arriver au plus grand de tous les résultats *espérables*, ce moyen réussit, il portera déjà l'empreinte du sceau providentiel; car la Providence seule, et non pas la Nature, comme on le croit abusivement, a le pouvoir d'obtenir les plus grands effets par l'emploi des moindres moyens. Je me décide donc à faire imprimer ce que j'ai à proclamer par parcelles détachées, pour les poser en feuilles volantes sur le seuil de ma porte, d'où elles seront enlevées par la brise matinale pour tomber entre les mains que Dieu voudra.

J'arrête ici l'annonce de mon mandat, resserrée dans cette première *émission*, qui, en tant qu'ouvrant ma nouvelle carrière publique, sera comme le baptême de ma mission auprès des hommes de la Terre, et pour moi comme une adhésion de la Providence divine à la forme que je donne au commencement de mon entreprise, et par-dessus tout, comme mon admission effectivement confirmative auprès d'Elle.

Émis à Paris, jeudi 19 septembre 1844 = 4 | 2 (6) 0

ÉPITRE AUX HUMAINS.

PAR

Le Commandeur ARSON.

2ᵐᵒ ÉMISSION PARCELLAIRE.

PRÉVENANCE.

PARIS.

RIGNOUX, IMPRIMEUR DE LA FACULTÉ DE MÉDECINE,
rue Monsieur-le-Prince, 29 *bis*.

1844

AVIS.

On trouve cette 2ᵐᵉ *Émission* jointe à la 1ʳᵉ,
chez le Concierge de la maison Charrière, rue de l'École-de-Médecine, 6,
au prix de *quatre sous*.

ÉPITRE AUX HUMAINS.

DEUXIÈME ÉMISSION

PROMULGUÉE SOUS LE SCEAU

| Le 2ᵐᵉ du 1ᵉʳ des 4 □ |

PRÉVENANCE.

Un écho du Ciel, se répercutant de mon sein, organe de la
parole divine, va retentir sur la Terre. Et cet organe étant
ce qu'il y aura de corporellement visible au milieu de la lumière spirituelle jaillissant de son Verbe, c'est lui qui, dans
sa personnification humaine, doit d'abord se produire ; de
façon que quelque malséant que cela puisse paraître, c'est
de moi en commençant que je vais entretenir le public : non
que je sois mu par une aveugle ou dominante ipséité ;
merci à Dieu, et à la faveur de mes études j'apprécie à sa
juste valeur le moi, à qui tout se rapporte et d'où part tout
effet, et, grâce au destin corroboré de l'expérience de mon
âge, je ne laisse occuper à ce cœur de mon âme, aimante du
prochain, en tant que devant refluer impérativement sur
autrui, que la place exigée par ma position relative ; mais
c'est parce que la position que je dois et vais prendre requiert, comme soutien de ce que j'ai à publier, la mise au
jour préalable de ma personnalité, que je débute ainsi ; car,
ayant à m'adresser à tous, ce que j'ai à dire n'aura pas d'autre valeur, pour l'esprit du plus grand nombre de mes auditeurs, que celle qui sera attachée à ma personne.

Au surplus, ce n'est pas l'actualité exponentielle de la personne émettant ses pensées qui peut être inconvenante, car la personnalité de l'orateur, toujours sous-entendue au moins, est inaliénable en soi, et indispensable tant comme point d'appui que comme point de mire de son auditoire; mais c'est l'exposition de la personne même, de l'auteur littéraire, surtout, ayant toujours eu le temps de réfléchir sur ce qu'il dira, c'est l'exposition personnelle d'un tel individu, se mettant, sans une sorte de nécessité, en relief au lieu de l'idée qu'il a à transmettre qui déplaît, parce que cet acte accuse en lui un défaut de liberté qui le laisse enchaîné de trop près aux instincts égoïstiques de la Nature. Or. cette nécessité de me montrer abruptivement étant admise, pour mon cas actuel, comme pouvant avoir lieu ainsi que comme motif qui me détermine à en agir ainsi que je le fais, et l'explication de ce motif étant donnée, pour que le lecteur ne soit pas indisposé par un début sentant l'égoïsme individuel, qui, en général, teint de ses brutes couleurs la plupart des actes humains, je vais sans scrupule parler de moi avant d'entrer en matière.

Après une jeunesse parcourue sur la ligne commune, et passée cependant au travers de quelques-unes de ces vicissitudes orageuses qui frappent l'âme d'autant plus péniblement qu'elle en ignore la cause extérieure, ce qui fait qu'un esprit élevé attribue tous ses torts au mésusage de sa liberté; jeunesse promenée, en méditation contemplative, au milieu de divers écueils, et durant laquelle une vive ardeur pour la science m'animait sans cesse, la Providence me débarrasse, à l'âge de trente-trois ans, des entraves mondaines qui retenaient mon esprit captif, garotté à la glèbe des intérêts terrestres, et m'ouvre les portes de Paris, les portes du cœur de la nouvelle patrie dotée du germe

du systême politico-chrétien, où je vins, stimulé à mon
insu par la pénétration des messagers angéliques, m'installer, en 1811, avec l'intention, car je considérais cette capitale comme le foyer des lumières, de m'y livrer à l'étude
pour satisfaire ce besoin intellectuel qui, depuis mon enfance, me pressait sans relâche. — Alors, l'année suivante,
le Tout-Puissant m'accola à un homme plus que savant auprès de qui je devais m'instruire, mais auquel, au lieu de tirer parti de son savoir à mon avantage, je laissai prendre
sur moi, me dévouant à sa personne corps et âme pour le
salut commun, dont l'idée commençait à se former dans ma
pensée, un ascendant subjugatif dont il n'usa pas, bien loin
de là, comme j'étais en droit de m'y attendre ; car, ainsi que
je l'ai publié en son temps (1817 à 1818), il me fit payer fort
chèrement en argent et très-douloureusement au moral cet
abus qu'il fit de ma longanimité excessive, fondée sur ma
débonnaireté naturelle, et entretenue dans son état de plein
exercice par une erreur d'appréciation du fatal Génie de cet
homme, sans que je retirasse pour mon instruction d'autre
profit de mes relations avec lui, qui durèrent cinq ans, qu'une
certaine familiarisation avec le langage scientifique et avec le
jargon philosophique de l'École allemande. — Désabusé cependant et enfin des espérances salutaires que, dans mon
désir alors inconsidéré de voir se réaliser de nos jours les
belles destinées de la Terre, j'avais fait reposer, dans mon
innocente pensée, sur ce ténébreux immortel (*), je me séparai de sa personne, emportant des regrets sans doute,
mais aussi la conviction que j'avais bien mérité le châtiment

---

(*) Je dis ténébreux en ce sens, entre autres, qu'ayant été comme frappé d'incrédibilité, ainsi que cela lui avait été prédit, l'éclat de son lustre spirituel n'a
pu encore se répandre sur la multitude, quoi qu'il ait dit et fait.

que Dieu venait de m'infliger pour l'application déraisonnable que j'avais faite d'un dévouement absolu ; application insensée, même au point où je l'avais portée dans la pratique journalière, alors que la brutalité des faits est pourtant toujours là pour vous forcer ou jamais à vous corriger.

Or, il n'y aurait plus rien à ajouter à cet épisode de ma vie, si cet homme, par une détermination rationnellement inqualifiable autrement que comme provenant d'un aveuglement des plus denses, causé par une de ces passions despotes qui, en se dressant devant vous, offusquent toute lumière, ne fût venu me troubler dans ma retraite par l'attentat d'un procès pécuniaire inouï dans les annales solaires, et vraiment sans excuse considéré de cette hauteur de vue, car il n'était pas sans avoir soupçonné, j'en suis sûr, la nature de la couronne morale qu'il avait souillée, et il ne pouvait ignorer, dans l'élévation de son esprit, la portée du nouvel outrage qu'il allait faire à..., ou plutôt du dernier coup de pied qu'il voulait lancer à la Vertu : ce qui m'entraîna, malgré mes inclinations placides, et dans l'ignorance où j'étais de quel poids pèse sur le monde la fatalité que je n'avais encore fait qu'entrevoir, à rétorquer contre cet homme, que je ne pouvais me résoudre à assimiler à un réprouvé, son attaque sournoise, pour lui faire exprimer tout ce que je supposais qu'elle renfermait d'excuse sous le voile du mystère ; et cela en le traduisant ouvertement au tribunal de l'Humanité, transformant ainsi mon maître d'étude, infidèle à cette fonction, en antagoniste spirituel, par un procès moral inévitablement scandaleux : Scandale qui, entouré des mêmes lueurs blafardes qui éclairaient les sillons laissés par mon adversaire à la suite de sa marche tortueuse dans ce débat, m'affecta si douloureusement, par la confusion surtout qu'il tendait à jeter dans mes idées de sainteté, que je ne parvins

à redonner un peu de calme à mon âme qu'en mettant mon
cœur et mon esprit publiquement à nu dans le dernier de
mes écrits de ce temps-là, intitulé *Appel à l'Humanité;* mettant fin aussi et au plus tôt à ce procès au moyen de quelques
nouveaux sacrifices pécuniaires; désirant et même espérant
pouvoir ainsi ensevelir dans le cercueil de l'oubli public
tout ce qui tenait à ce conflit abominable, et résolu pour
moi à l'étouffer dans mon cœur et à l'effacer de mon esprit
en me retirant au fond d'une province: Où ne me reconnais-
sant pas la dignité requise pour me mêler efficacement aux
intérêts généraux, je ne m'occupai pendant douze ans que
d'affaires particulières, avec l'intention, et dans l'intérêt de
mes enfants, à l'éducation et au bien-être desquels je me livrai essentiellement, de me réhabiliter dans l'opinion de
mes concitoyens; lesquels, ne me jugeant que d'après les sacrifices exorbitants que je m'étais imposés pour arriver à un
résultat à la fois désastreux et ridicule à leur point de vue,
me croyaient animé d'un enthousiasme crédule sur lequel
était enté un spiritualisme qui, par son exaltation, annulait
ma liberté en la volatilisant, et entachait de folie, ou du
moins d'insanité, ma conduite en général: Erreur que je dé-
truisis, je crois, tant par ma nouvelle conduite, marchant
(du moins jusqu'en 1830) (*) sur les traces du sens commun,
ou sur celles indiquées par des raisons avouées des personnes sortant un peu de la classe triviale, que par la publication d'un opuscule sur les *Poids et Mesures,* où la raison

_____

(*) Il est vrai que depuis 1830, ou plutôt depuis 1835, ma conduite, jusque-
là sans énergie externe, et affectant une prudence toujours conciliatrice, impo-
sée par la froide raison, lorsque la moralité n'était pas engagée dans mes actes,
prit une vigueur inattendue au dehors, puisée dans la Vérité découverte qui en
cet état donne une force extraordinaire au cœur généreux d'une âme bien née;

commune, mariée à quelques idées transcendantes, dut faire voir que des pensées surnaturelles peuvent se concilier dans un même homme avec les idées vulgaires, sans que l'on soit en droit de considérer, comme lui imposant son influence, à l'instar d'une *idée fixe*, la partie élevée et incomprise de cet assemblage, lorsque cet assemblage est lié en un homme d'esprit par la liberté qu'il montre dans l'appréciation corrélative de ses parties, et dans l'application distincte qu'il en fait.

J'en étais là, me démenant tant bien que mal dans la cohue des relations banales; mais toujours sous l'empire fortificateur de l'incomparable guide moral qui tient en paix l'homme avec lui-même, lorsqu'aux approches de 1830 une inspiration grandiose vint me tirer des entrailles du siècle terrestre pour me faire entrevoir que, contrairement à ma pensée, il se pourrait que je fusse destiné à m'immiscer dans les affaires générales de l'Humanité. — Or, pendant que je vérifiais, à tête reposée, ce que cette inspiration pouvait avoir de vrai, voilà qu'au temps des *journées de juillet* j'entends une voix divine qui m'appelle et me commande de montrer à

---

force qui, s'unissant à ma générosité innée, transformée en désintéressement et en ennemie déclarée de tout ce qui me paraissait être mal, colora mes actes nouveaux, comparés surtout aux antécédents, d'une teinte contradictoire, et qui, poussée en outre au delà des bornes posées par la saine raison vulgaire, put me présenter comme faisant des écarts point ou peu judicieux, mais que ne désavoueraient pourtant pas des esprits supérieurs connaissant les motifs de mon évolution, dont les produits, en apparence excentriques, seraient, sans cette connaissance, sujets à des interprétations défavorables.

N. B. Cette note ne sera bien comprise pour le moment que par quelques habitants de Nice, qui, témoins occulaires des résultats de mon évolution, peuvent vérifier la vérité de l'aveu que je viens d'exposer, en remplissant cette exposition de ceux de mes faits et gestes qu'elle ne fait qu'accuser généralement.

l'Humanité le chemin de la Vie qui conduit à l'immortalité.
Ému aux accens connus de cette voix céleste, qui, dans l'éternité, retentit si souvent et si harmonieusement dans la sphère
organique de mes pensées, je me révèle à moi-même à la clarté
de l'aurore de la vie perpétuelle qui renaît à mes sens intimes
d'extase ravis; et fidèle comme autrefois, comme toujours,
et dans ma libre obéissance aux commandements divins qui
assignent le terme *quadragénaire* aux travaux intellectuels
préparatoires qu'exige ma mission, je me livre à l'instant à
une étude qui, facilitée par les secours providentiels prodi-
gués à large main durant cette carrière décennale, me ren-
dit, en 1840, apte à entrer en lice dans notre monde actuelle-
lement à l'état militant, pour y faire triompher la Vérité par
l'exercice de ma mission: ce que je commençai à faire dès
lors, en m'exerçant, dans l'intimité de ma famille temporelle et très-peu au dehors, à proclamer quelques-uns des
résultats de mes travaux, sanctionnés par la raison divine,
et consignés dans des émanations épistolaires.

Or, j'étais poursuivant cet exercice, lorsqu'à partir de no-
vembre de l'an dernier, un ordre fomulé En-Haut me fut
INTIMÉ à la Noël devenir exhiber à Paris mon mandat, ce mandat suprême et salutaire que je tiens sous forme indéterminée,
mais prêt, par son fond, à être mis à exécution depuis l'an XXXX.
Immédiatement, j'exhumai à la hâte de mon tabernacle intelligible, pour les fixer externement, les premières idées ressortant de ma mission. Mais, parce que mon mandat est in-
déterminé, quant à la forme didactique sous laquelle j'aurais
à le produire, ainsi qu'à l'égard de la marche que j'ai à suivre pour l'exposer selon ma liberté, et que, par conséquent,
je ne puis me servir ni d'une méthode complétement régulière, si précieuse pour soi, et si avantageuse aux transmis-
sions intellectuelles, ni d'un plan arrêté d'avance, il se

trouva que ce premier jet, qui se composait de ce que je pen-
sais avoir à peu près à publier en arrivant à Paris, se ressentit
de cet esprit de vacillation exécutive qui m'entoure; en sorte
que, dès que je voulus mettre à exécution mon projet, je fus
arrêté tout court, non-seulement par le choix qu'il me restait à faire du meilleur mode de publication à employer,
mais surtout par la non-conscience plénière dans laquelle je
me reconnus plongé sur le fait de savoir si mon ébauche
était bien ce que j'avais de mieux à exposer en entrant dans
l'arène spirito-morale. — Cependant, au bout de quelques
jours, je me décidai à faire imprimer la seconde partie de
mon jet, la partie scientifique-exacte, comme étant à peu
près indifférente à un changement de forme, pour voir dans
l'entre-temps de son impression quelle tournure la plus convenable je devais donner à la première partie, laquelle, contenant l'exposition de mon mandat, étayé des principes divins qui lui servent de fondement, demandait à être traitée
avec délicatesse, et même avec certains ménagements.

Maintenant, je me résous à faire paraître le commencement déjà imprimé de ladite seconde partie; et toutefois,
comme elle se lie d'une manière presque immédiate à la première, et sous certain rapport, ainsi qu'une conséquence à
son principe, je dois, avant de la livrer au public, donner
cette portion de la première partie qui provoque la seconde.
— C'est ce que je ferai prochainement; pour cette fois, en
voilà assez de dit.

$$\text{Émis à Paris} \begin{cases} \begin{array}{l} \text{du mercredi, } 6 \\ \text{au jeudi, } \quad 7 \\ = 4 \begin{array}{ll} 2 & (12)\ 6 \\ 3 & (0)\ 0 \end{array} \end{array} \end{cases} \begin{cases} \text{novembre } 1844 = \\ \text{jours de transition} \\ \text{du } 3^e \text{ au } 4^e \text{ quartier.} \end{cases}$$

APPENDICE.

Vers la fin de ma *Première Émission*, j'ai dit que, pour propager mes Écrits, je ne me servirais pas de la voie la plus rapide et la plus éclatante, mais que je suivrais à cet égard le chemin ouvert par les auteurs modestes, resserrant même mon étalage au point de ne faire que déposer mes feuilles volantes sur le seuil de ma porte. Toutefois, et puisque je voulais me rendre public, il fallait bien accoster le public de quelque manière et particulièrement au moyen d'une authenticité irrécusable : c'est ce que j'ai fait en envoyant un exemplaire de madite *Émission* à *trente-sept* journaux de Paris, et en mettant en vente à ma porte une douzaine de ces exemplaires. Or, durant un demi-quartier, c'est-à-dire tout un temps de carême, pas un de ces derniers exemplaires n'a été demandé, et aucun des journaux prénumérés n'a soufflé le mot de mon OUVERTURE faite à l'Humanité; du moins, et s'il fût vrai qu'on eût proféré quelques mots sur cet objet, rien n'en est venu à mon entendement par le canal de mes sens extérieurs. Cependant, quand je dis rien, il y a pourtant une exception à faire à cette négation absolue, car j'ai reçu, sans parler d'une rocailleuse monition anonyme, la visite d'un journaliste porteur d'une proposition ayant pour but de m'engager à fonder un journal qui traiterait principalement de mon œuvre, et accessoirement d'un tas d'autres choses saisissantes de l'époque présente, y compris la politique, c'est-à-dire celle qui a cours actuellement par le monde; entreprise pour laquelle je n'aurais eu à débourser que la bagatelle de *vingt-cinq* mille francs pour cautionnement, et *trente à quarante*

2

mille autres francs pour mettre en bon train le restant de
l'affaire, au bout de laquelle on faisait défiler *quarante mille*
abonnés à mes regards : regards peu surpris, soit dit sans
vanité, de la grandeur de ce nombre, ferré que je suis de
telle sorte contre les illusions en général et sur le fait de la
numération en particulier, qu'aucun de ces représentants de
l'individualité simple ou collective, qu'aucun nombre entier ne
saurait me fasciner, ni par sa vaste ampleur, ni par la fonction
éblouissante qu'on voudrait lui faire occasionnellement remplir. Aussi répondis-je sur ce point à mon interlocuteur : « Mon
« entreprise ne saurait être pour moi une affaire d'argent ; que
« si vous voulez vous la représenter sous cette face, comptez
« hardiment, et sans crainte de tomber en quelque erreur de
« calcul, sur ceci : Si ma tentative faillit » (et presque tous mes
lecteurs terrestres l'affirmeront tout d'abord), « votre nom-
« bre de *quarante mille,* suivant une marche idéalement et ra-
« pidement rétrograde vers le néant, s'arrêtera, en passant
« à la réalité, bien près du chiffre zéro ; tandis que si un ave-
« nir est réservé à mes efforts, que d'ailleurs ce soit tôt ou
« tard que ces efforts soient couronnés de succès, c'est ce
« même zéro, tiré il y a un instant du néant, que l'on peut
« d'avance ajouter à votre dit nombre de 40,000, celui-ci étant
« considéré comme encaissé dans le système de numération
« décadique. » — A ce propos, je me fais un devoir d'inviter
une seconde fois ceux, si tant est qu'il y en ait, qui seraient
portés ou poussés à m'aborder au sujet de ma *mission,* de
vouloir bien m'interpeller ou même m'apostropher publiquement, obligé que je me croirais, en cas de dérogation à
ce ban, de rendre public moi-même, si d'ailleurs cela en
valait la peine et convenait à mes desseins propices, ce qu'on
aurait voulu me glisser à la sourdine.

Mais revenons à l'effet, négatif en tant que patent, qu'a

produit mon *Ouverture ;* et pour constater, en le consignant
dans cet Écrit-ci, non-seulement l'insuccès complet qu'ont
eu mes premières paroles, mais aussi leur comme non ave-
nue, et cela malgré même leur air d'extravagance, se prêtant
à l'exercice de la malice de plus d'un, et à cause aussi pour
d'autres de l'étrangeté de fond et de forme de mesdites
paroles, insuccès provenant sans doute, en outre, de la sage
ou prudente réserve du surplus de mes lecteurs ; ajoutons
à cet appendice les renseignements que voici :

De ma *Première Émission* imprimée, j'en ai envoyé :

EXEMPLAIRES.

4 à Nice à mes deux fils, — lesquels, en leur qualité filiale et va-
1 en Piémont à ma fille — guement conscients jusqu'à un certain
  aînée, — point de ma mission, m'ont répondu ;

1 en Provence, à un cousin maternel ;
1 à Valencia, à un neveu du côté de ma femme ;
1 à Schaffouse, à un de mes beaux-frères ;
1 à Bâle, à une de mes belles-sœurs ;
1 à Antibes, à une compagne de couvent, en l'an xxxx,
  de ma fille cadette ;
1 à Strasbourg, à un négociant, comme antidote applicable à l'irritation que lui ont causée deux de mes lettres à style plus qu'insolite ;
1 enfin en Suisse, adressé au porteur d'un nom illustre
  en science, dans l'intention de le détourner, en le mettant à même de me juger d'après la position que
  je prends, de la résolution de vouloir être et rester
  mon ennemi personnel, ainsi qu'il me l'a déclaré pour
  certaines lettres, désobligeantes il est vrai, que j'ai
  cru devoir lui écrire il y a peu.

12, total de mes envois hors d'ici ; à quoi, ajoutant les 37
adressés à divers journaux de Paris (auxquels il paraît assez

inutile de faire passer la présente *Deuxième Émission*) (*),
compose un total général de 49 exemplaires, premier germe
matériel éparpillé sur un coin du monde phénoménal, et plus
particulièrement du monde moral ; petit nombre d'exemplaires qui nous montrent, par leur total délaissement
ostensible, combien nous sommes loin de cet avenir où la
perfection de l'Humanité pourrait remuer le Globe!!! Mais
quoi!... les principes originaires de ma *facturation* sont, soit
par leur minime quantité autant que par leur faible expression manquant de développements, des infiniment petits
objets relatifs, semblables aux particules, imperceptibles à
l'œil matériel, des germes qu'exploite la Nature fécondante.

Tels sont les seuls envois distributifs de mon premier
élan, que j'ai été inspiré de faire. Or, pourquoi l'Angleterre,
et surtout la Russie, car, pour l'Angleterre, elle a eu au
moins une façon de représentant franco-breton dans le *Gali-
gnani's Messenger,* pourquoi l'Angleterre et la Russie sont-elles
exclues de cette distribution? Et pourquoi l'Allemagne ne
figure-t-elle, dans cette affaire en son commencement, que
par l'intermédiaire de la Suisse Allemande, intermédiaire
offusqué même par un représentant suisse, ennemi déclaré,
et un peu aussi par un ligateur franco-germanique en Alsace,
plutôt irrité qu'indifférent ; tandis qu'au Midi, d'un côté, je
m'enfonce assez avant dans la péninsule que les Pyrénées
rattachent au continent européen ainsi qu'à la France, et de
l'autre, je me campe au delà des Alpes, de ces frontières naturelles qui, malgré leur élévation, n'ont pu suffisamment
prêter à la patrie de l'art moderne les moyens d'agglomérer
ses parties sous cette pleine unité morale réelle dans laquelle
commencent à vivre d'autres nations ?... Dieu et ses Élus le
savent!

(*) Néanmoins j'en enverrai un exemplaire au journaliste précité.

0

ÉPITRE AUX HUMAINS.

PAR

ARSON.

PREMIÈRE PARTIE.

3me ÉMISSION PARCELLAIRE.

INAUGURATION.

BIBLIOTHÈQUE ROYALE
1

PARIS.

RIGNOUX, IMPRIMEUR DE LA FACULTÉ DE MÉDECINE
rue Monsieur-le-Prince, 29 *bis.*

1844 à 1845

AVIS.

On trouve cette 3ᵐᵉ *Émission* jointe aux deux précédentes,
chez le Concierge de la maison Charrière, rue de l'École-de-Médecine, 6,
au prix ensemble de *huit sous*.

AVANT-PROPOS.

J'ai dit dans ma dernière *Émission* que l'Émission suivante, l'actuelle, porterait au public un fragment de la première partie (de la partie théosophique) de mon Épître, et particulièrement cette portion qui se lie avec et provoque en quelque sorte la deuxième partie (la partie scientifique) de ladite Épître. Mais ce morcellement par enjambement étant inconvenant en soi, et peu, ou peut-être même non convenable à mon but, je change d'avis, et je trouve qu'il est préférable de mettre au jour la partie théosophique de mon Épître, à partir de son commencement. — Donc :

ÉPITRE AUX HUMAINS.

TROISIÈME ÉMISSION.

PROMULGUÉE SOUS LE SCEAU

{ **Le 3ᵐᵉ du 1ᵉʳ des 4 ☐** }

INAUGURATION.

A la suite d'une œuvre divine et primitive sur la Terre, providentiellement facilitée dans sa conception, mystérieusement exposée dans sa faiblesse native, et résolument appliquée dans toute sa portée à un peuple donné; œuvre perfectionnée par de douloureux travaux expérimentaux, mystiquement exposée dans ce second état pour s'y développer sur un plus vaste théâtre; œuvre enfin pénétrée depuis de pénibles et nobles labeurs poursuivis consciencieusement jusqu'à nos jours avec ardeur et constance en vue du bonheur de l'Humanité; oui, à la suite de cette primitive conception divine, et après tous ces efforts gradués sur l'échelle des siècles antérieurs et sanctionnés par le Très-Haut, nous reparaissons résurrectionnellement sur la scène du monde, à l'heure prévisionnellement assignée, pour soulever en partie le voile qui a couvert si longtemps notre avenir, et pour annoncer aux Humains que les jours de bonheur et de gloire peuvent commencer pour la Terre si par un concours méritoire de ce bienfait ils se rendent dignes de l'obtenir.

La Raison, spirituellement animée pour être la compagne vivante de l'homme, après avoir été, en temps préfixé, angéliquement importée dans ses langes humanitaires, et sagement disséminée sur notre Globe, sur ce globe préparé de longue main pour y recevoir cette partie de la race humaine qui avait à s'y régénérer ; la Raison, ainsi physiquement placée, et d'ailleurs entourée de circonstances morales propices à sa propre régénération individuelle, partielle et générale, projetant ses racines ligatrices dans le vague intelligible et en des terres spirituellement fécondes, se donna insensiblement, au moyen de sa séve mystique, un corps vaporeux dans l'ombre de la conscience, d'où, après un long sommeil, le contraste des deux lumières, l'une animant, l'autre vivifiant le monde extérieur, la fit sortir enfin un jour de sa léthargie, de cette léthargie qui, la retenant dans les limbes de la Nature, l'empêchait de renaître à la vie divine. — Alors, allumant son flambeau au foyer de la vie spontanée, là où cette vie avait été portée à un degré suffisant d'accroissement élevé, Elle pénétra dans le chaos de l'Intelligence, sillonnant dans toutes ses directions ce labyrinthe éternel, d'où sortant triomphante après en avoir jalonné les voies principales, Elle apparut escortée de la Vérité et ornée d'une couronne tressée par le Verbe dont la splendeur ineffaçable, en éclairant pour toujours les vivants, fit et fera ressusciter les morts.

Et l'Homme-Dieu sur notre Terre, s'incarnant l'Intelligence par la parole donnée à la Raison, à cette magicienne qui dit avec indifférence le Bien et le Mal, ne pensa, voyant

avec son aide le néant réalisé et la mort annulée, qu'à se livrer au perfectionnement indéfini de la vie perpétuelle. Car
ayant appris que la Vie est la seule chose qui, comme fin,
ait une valeur absolue, c'est-à-dire sachant et sentant qu'elle
seule est bonne, bonne pour elle-même, et que le perfectionnement de la Vie jusqu'à ses plus hauts degrés ne peut s'effectuer que dans sa perpétuation, Il seconda le *Dieu de vérité*,
son Père, dans le seul travail que ce Dieu ait jamais pu lui
commander pour arriver à l'unique fin qui puisse jamais
nous satisfaire, celle de perpétuer la félicité dans un monde
parfait; Et cela en réchauffant du feu de son Génie la froide
Raison, et en comprimant en elle, par la vertu de la Vérité,
son influence maléfique pour la transformer par sa purifica-
tion en *Raison divine sanctifiée* : à l'aide de laquelle, enfan-
tant sa sublime doctrine, Il donna à celle-ci un corps mystérieusement animé et pontificalement mouvant, pour
qu'elle devînt, en cet état, la Religion qui devait conduire
l'Humanité à son dernier terme. Et plaçant d'abord sa conception religieuse sous l'invocation du Dieu *un*, *éternel* et *infini*, du DIEU DES VIVANTS, dans une position limitée et con-
centrée à l'abri des tentatives impies, Il la livra ensuite,
sous les auspices de la *Trinité* et de la VIERGE IMMACULÉE, *mère
de Dieu*, entre les mains des mortels, afin que, montrant
dans sa dilatabilité universelle son efficacité libérale, au milieu même des passions désordonnées qui, quoique ne pouvant la dénaturer la défigureraient, et au contact de l'erreur
qui ternirait passagèrement son éclat, elle pût, dans son
extension libre et fructifiant à la face du soleil, préparer,
sous le nom commun de *Religion chrétienne*, le salut de la
Terre, et pût aussi être appréciée dans sa valeur intrinsèque
pour sa fonction ultérieurement conservatrice de l'Humanité.

La Vie, en effet, est le seul objet qui ait une valeur pour lui-même, c'est-à-dire non à titre de moyen, mais comme fin absolue; car il est évident, et même manifeste, que, sans la Vie, quoi que ce soit dans l'univers y serait comme nul, et, dans ce cas, autant vaudrait incontestablement qu'il n'y eût rien. — Cependant la Vie n'est point une chose subsistant par elle-même, mais le résultat de la puissante vertu animique liée de telle sorte et façon à l'Intelligence que l'objectivité pour l'âme ressorte existante de cette liaison.

Or Dieu, virtuellement lié et essentiellement uni à l'Intelligence qu'Il a tirée de son néant intelligible de toute éternité, Intelligence qui en son Esprit est, par son épuration, la sagesse même, Dieu, dans sa virtualité effective et dans l'immensité, est toujours en vie, tandis que ses Créatures, qu'Il anime de sa vertu absolue, et auxquelles Il communique, par voie de nature, ses moyens de vie ascensionnels, sont soumises à des interruptions de vie qui les séparent du DIEU DES MORTS de ce côté, de la même distance comparative qu'il y a entre l'universalité et l'individualité.

Toutefois, si, de ce côté, il y a une si grande séparation entre le DIEU TOUJOURS VIVANT et les individualités, celles-ci peuvent, du côté de l'Intelligence et dans leurs infinis retours à la vie, se rapprocher de plus en plus de l'intimité où réside la sagesse divine pour s'identifier avec elle. Et parmi les Êtres-composés *formés* dans l'éternité, et prédisposés à l'accroissement vital en des proportions d'une variété graduellement indéfinie pour la possibilité de l'œuvre finale, c'est à l'*Homme,* destiné à cette identification, que Dieu communique ses moyens les plus secrets pour le faire participer à son œuvre entière, et le faire arriver ainsi au Bien suprême, à la plénitude et au complément de la Vie,

Mais il n'y a assurément que l'Esprit même de Dieu qui, vivant en réalisation spirituelle et en effectivité continue, puisse, au moyen de la raison divine sanctifiée, nous découvrir ses moyens et nous instruire sur la participation que nous pouvons prendre à son œuvre. — Or, l'Esprit de sagesse requis pour entrer dans cette divine participation, Esprit dont les germes fructifères m'ont été départis dans la nuit des temps antérieurs à la formation de ce monde comme un apanage attaché à ma personnalité, m'a été révélé en nos temps actuels avec mission occulte d'En-Haut d'en user, et même aussi de le répandre en toute liberté. C'est ce que je vais faire sous une forme pétrie en entier de vérité sans doute, mais pourtant avec cette prudence que commandent l'inégale répartition des dons divins et le but salutaire que nous avons à atteindre.—Ainsi, ce sera la lumière céleste, tempérée dans son éclat par une discrétion libérale, qui nous guidera secrètement dans ce que nous avons à dévoiler aux hommes, à qui nous allons porter la parole de Vie en employant, pour arriver jusqu'à eux tous, la force pénétrante de la raison humaine perfectionnée pour les uns, et la puissance du sens commun pour les autres : Visant principalement à venir en aide aux faibles, et surtout et paternellement à relever les simples d'esprit et de cœur doux de l'abaissement dans lequel voudraient les tenir soumis et les plonger même plus profondément qu'ils ne le sont déjà que trop, notamment et en général hors de l'Europe occidentale, les Esprits superbes autant qu'orgueilleux, et généralement ceux en qui malheureusement n'a pu germer encore la Charité, cette branche de l'amour du prochain à l'usage des supérieurs, et en qui, bien moins encore, n'a pu s'enraciner

2

la *sainte* humilité (*), cette vertu qui, à motif entre autres de sa fonction rationnelle rappelant à chaque homme isolé son néant, doit devenir notre compagne à tous, et plus particulièrement la compagne de ceux élevés en eux-mêmes par l'Esprit ou au dehors par leur rang social; car les infimes (je parle de ceux au cœur docile), bien loin qu'il faille les trop rabaisser à leurs yeux, ont besoin, le plus souvent, d'être ranimés en leur confiance en Dieu, qui ne veut pas que la dignité d'homme soit avilie en qui que ce soit ni par qui que ce soit, et encore moins ravalée en un être intelligent par lui-même; acte amortissant qui le ferait rétrograder vers l'extrémité principiante de la Vie.

Or, si dès mon entrée en lice du côté de la moralité, j'attaque l'égoïsme, dont la dépendance la plus abominable est l'orgueil, vice destructeur de tout lien social ayant pour fin le bonheur de l'Humanité entière par l'amour lié à la liberté, c'est que nous portons tous, quoiqu'à des degrés d'*intensibilité* bien différents, le germe de l'égoïsme fondateur et conservateur de l'individu dans l'ordre naturel: germe qui, dans son ascension ayant pour fin sa transformation en nature humaine, déviant de son saint but universel, qui consiste pour chacun à rattacher son *moi* à celui des autres par l'amour, s'altère dans cette déviation, où le malin Esprit attire l'homme par des suggestions qui le déterminent à tremper ses lèvres à la source du *Mal moral,* au point de devenir plus funeste que ne le serait jamais le simple égoïsme de la Nature brute, se dévorant incessamment elle-même, il est

---

(*) Je dis *sainte,* c'est-à-dire sanctionnée par la raison divine, pour qu'on ne la confonde pas avec la bassesse des sentiments.

vrai, par son égoïsme (hormis dans son action perpétuante
où elle prend les allures du dévouement et du sacrifice),
mais du moins non sujette dans les tourmentes individuelles
aux douleurs physiques raffinées non plus qu'aux poignants
sentiments de l'injustice qui ne sauraient naître dans la lutte
du Bien et du Mal qu'elle soutient sans conscience. — Aussi
ne saurions-nous trop insister sur la nécessité de lutter de
toutes nos forces contre ce mal pour arriver, sinon à sa destruction totale, car l'amour-propre bien réglé est bon pour
la vie humaine, du moins à ce point de lui ravir sa vivace
crudité, à l'aide de l'Esprit-Saint, et par une compression le
retenant dans des inactions graduelles : Ce à quoi aucun
n'est exempt de travailler, car ce mal moral est fatalement
comme une maladie pestilentielle, endémique, dans l'espèce
humaine, qui réagit des uns sur les autres ; partant même
de ceux qui n'ont rien de vaillant dans leur intimité pour l'appuyer, si ce n'est une aveugle et brutale impulsion, ou tout
au plus une hauteur de position sociale due à un sort providentiel dont rien même ne leur garantit la durée pour l'avenir : Avenir qui, au contraire, et d'après l'une des plus simples
notions de la justice *éducative* et naturellement corrective, formulée dans la loi dite du *talion,* ne pourra que leur être dur
à supporter ; car, tel qui aujourd'hui est grand par son relief
sera, selon qu'il l'aura mérité, tout petit et très-bas à son retour à la vie, plus proche qu'on ne pense ; et c'est alors qu'il
invoquera la fraternité qu'il aura méprisée, ainsi que l'ont
toujours fait autrefois tous ceux qui étaient persécutés injus-
tement, et dont la plupart, sans s'en douter, avaient été précédemment persécuteurs ; tandis que tel *Juste* qui est modeste-
ment petit dans son pèlerinage actuel, étant valeureusement
Grand en soi, et ayant été, à raison de sa générosité connue

de la Providence, donné passagèrement en sacrifice aux basses classes de la Société, sera honorablement rehaussé dans l'avenir; et cela non pas seulement et définitivement dans le monde parfait, selon ses vrais mérites, mais déjà dans son siècle prochain.

Émis à Paris, dimanche, 22 décembre 1844. $= 4.$ } 3 (6) 3 } $=$
$=$ jour central du quartier quaternaire.

APPENDICE.

Si j'ai cru devoir couronner la tête nominale de mes deux premières *Émissions* du noble titre de *Commandeur* pour rendre les honneurs dus aux dignités dont la hiérarchie est un des principaux éléments formels, plus ou moins patent mais toujours sous-entendu, auquel tout ordre social doit emprunter sa régularité, et dans l'intention, en outre, de présenter un quelque attrait, et d'offrir un brin ou une façon de garantie aux lecteurs superficiels, mais bénévoles, soudainement et inopinément appelés par un inconnu vulgaire dont les prétentions, brusquement avouées à éclairer ses semblables, s'élevaient jusqu'au delà des nues; je ne puis cependant plus continuer à me parer de ce titre : titre que j'ai sollicité, il est vrai, et obtenu il y a vingt ans, alors qu'il m'était utile de m'en décorer et dans l'intention même de le rendre profitable à mes entourages, resserrés d'ailleurs dans un cercle assez étroit; je ne veux plus, dis-je, me faire précéder de cet insigne, parce que, en m'en affublant moi-même dans les circonstances universalisantes au milieu desquelles je vais me trouver posé, on pourrait croire, entre autres, que je me complais dans sa fastuosité, et que l'idée de supériorité qu'il comporte répond à des velléités dominatrices dont je serais l'esclave; tandis que rien n'est plus opposé et plus contraire que ces sentiments de vanité et d'orgueil à l'humilité dont je me sens et me sais pénétré, aussi bien qu'à la nature de ma *Mission* actuelle, que j'entends réduire par sa face la plus communément voyante, et en tant que devant se réfléchir cette fois sur ma personne, à celle de simple catéchiste.— «Eh mais!» pourra-t-on se récrier, «vous décla-

« rez qu'un profond sentiment d'humilité vous pénètre, et
« par une contradiction immédiatement flagrante, vous vous
« faites gloire de posséder cette vertu substantiellement chré-
« tienne, et qui, en son essence, ne devant avoir pour l'homme
« qui en est doué que Dieu pour témoin, devrait rester dans
« vos entrailles cordiales presque inconnue à vous-même, ou
« tout au plus, et si vous êtes destiné à lire dans les arcanes
« célestes, pour prêter main-forte au maintien de la Création
« finale, devrait y rester installée et florissante dans l'intimité
« divine de votre conscience : ce qui serait la majeure des ré-
« compenses à jamais désirables des efforts surnaturels que
« vous auriez dû répéter indéfiniment pour l'incruster ger-
« minativement comme partie indélébile de l'ipséité de votre
« âme, puisque la perfection morale résultante de vos géné-
« reux travaux en ce genre vous assimilerait à cet égard et en
« ce point au Fils de Dieu ! » — On aurait bien raison de taxer
de fausse une humilité entachée de vaine gloire dans son exposition assertorique, si cette assertion n'avait d'autre but
que sa simple exposition ; mais, devant redonner à l'humilité
une confirmation des plus étendues, j'ai à accomplir cette
tâche, non-seulement en recommandant cette vertu chaleu-
reusement aussi bien qu'en la montrant, par induction, assise déjà dans l'homme accusant sa réalité effective par ses
actes, mais en outre, et pour la satisfaction de ceux qui n'é-
coutent que les accents d'une autorité absolue à laquelle seule
ils peuvent s'attacher, en la proclamant comme réalisable et
déjà réalisée en de saints personnages et particulièrement, et
pour servir de vérification ostensible, en celui qui se propose
pour modèle, en moi son confirmateur actuel, en qui, je l'a-
voue ingénument, cette vertu réside bien plus en réalité que
cela ne transparaîtra par mes paroles ; car, ayant à parler avec

autorité, j'aurai quelquefois l'air, par la suite, de le prendre
bien haut pour un homme qui professe l'abnégation de soi
en faveur de ses semblables, comme étant une des plus su-
blimes et des plus salutaires vertus humaines, en tant que
s'exerçant avec dignité dans les limites du devoir. — Et voilà
pourquoi, revenant au premier motif de cet entretien, le
frontispice de ce présent Écrit ne porte que mon pur nom.

Cela étant dit avec la sincérité qui fait un des charmes de
ma vie, il me reste, avant de terminer cet entretien, à parler
de quelque autre chose de moindre importance. Voici de
quoi :

Quoique je me sois restreint dans la dissémination de ma
dernière *Émission* (la deuxième), et selon ma résolution précédemment déclarée, à n'envoyer que quelques exemplaires
de cette deuxième feuille volante à certains de mes parents
ainsi qu'à très-peu d'étrangers ; à motif, à l'égard de ces derniers, de circonstances déterminantes passagères, ajoutant
au nombre de ces envois une dizaine d'iceux exemplaires
déposés sur le seuil de ma porte à la disposition de qui vien-
drait les chercher, cette précédente résolution ne doit pas
s'entendre néanmoins dans un sens rabbinique ; car, voulant
rester libre de mes mouvements, j'enverrai sans doute de
mes productions à d'autres personnes, selon les motifs qui
pourront m'engager à cela faire dans le cours de la carrière
que j'ai à fournir, et notamment à quiconque je supposerai,
d'après la portée de l'*Émission* apparaissante, pleinement et
hautement compétent en la matière dont il sera plus particulièrement traité dans mesdites Émissions en actualité.
— C'est ainsi que j'enverrai la présente *Émission* à *F. de
Lamennais*, comme au plus compétent apparent en France
en matière philosophique-religieuse.

REMARQUE.

J'avais d'abord, et par une détermination qui me semblait indépendante, imposé à la présente *Émission* la date, ainsi qu'elle est ci-avant inscrite, du 22 décembre, approchante de la Noël, et comme telle répondant à l'anniversaire de la réception du *mandat exécutif* dont il est fait mention vers la fin de ma précédente *Émission*. Mais comme, par un retard imprévu suscité à l'impression de cet Écrit-ci, il n'est terminé qu'aujourd'hui 15 janvier 1845, il portera deux dates dont la dernière, sans nul doute providentielle, puisqu'elle n'était pas dans ma pensée primitive, coïncide jour pour jour du calendrier grégorien avec l'anniversaire de ma prise d'habit de *Commandeur* en 1825, et avec celui d'une inauguration à laquelle il m'a été inspiré depuis 1835 de m'intéresser d'esprit et d'âme.

Conclu, mercredi, ce 15 janvier 1845. = 4 ¦ 3 (9) 6 ¦

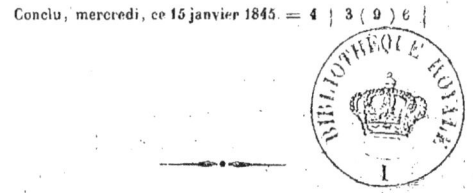

2690

ÉPITRE AUX HUMAINS.

QUATRIÈME ÉMISSION.

PROMULGUÉE SOUS LE SCEAU

Le 4ᵐᵉ du 1ᵉʳ des 4 □

INTERCALATION.

Par ma dernière *Émission* (la 3ᵉ) j'ai inauguré mon mandat céleste en publiant le tout commencement de mon *Épître aux Humains*, tel à peu près que je l'avais étendu en composant à Nice cette Épître, dressée à la hâte l'an dernier à la veille de mon départ de cette ville, pour venir la mettre au jour ici ; et maintenant il serait assez naturel de continuer à publier cette pièce sans interruption : marche droitement filante que je suivrais tout bonnement si je n'étais sollicité par un stimulant assez senti à faire une courte halte rétrospective avant de la reprendre, sans que je m'engage néanmoins à suivre scrupuleusement dans cette reprise l'itinéraire tracé par ladite Épître dans laquelle, du reste, et quoique je tienne beaucoup à la reproduire telle qu'elle m'a été inspirée inopinément, je ne me ferai pas faute, et cela est presque inutile à dire, d'y introduire les améliorations que je jugerai convenables. Cette résolution de ne pas aller en avant tête baissée étant prise, conformons-nous au motif qui lui a donné naissance, et faisant volte-face, discourons un moment sur l'effet qu'ont dû ou pu produire dès leur ap-

1

parition ces lumières célestes, qui à mon appel évocatif, se sont montrées à l'horizon spirituel de l'Humanité sous la forme tangible de mes trois premières *Émissions*, comme des rayons précurseurs d'un soleil levant.

Or, depuis la réapparition de mon verbe écrit, trois Émissions ont été successivement éparses, et sans nul doute silencieusement recueillies en substance diffusionnelle par les principaux adeptes de la Vérité, et peut-être aussi ramassées en partie par quelque coryphée de la république des lettres, ou même par quelque personnage marquant d'entre ceux chargés de la direction ostensible des affaires soit générales ou particulières de l'Humanité, lesquels derniers, j'entends les non-adeptes de la Vérité, à en juger d'après leur mutisme entier, que rien d'impérieux ne leur commandait dans cette circonstance, laissent à penser, ou qu'ils envisagent mes productions comme ne méritant pas la peine d'occuper sérieusement leur esprit, absorbé par l'actualité des événements de nos jours, ou qu'ils veulent se tenir à la réserve et sur leur garde envers ou contre des opinions tellement élevées au-dessus des pensées en vogue, opinions émises d'ailleurs sans garantie suffisamment valable pour eux, que la prudence semblerait leur prescrire de ne pas se hasarder à porter incontinent sur elles, sur ces opinions, un jugement qui, étant surtout et sans restriction ouvertement prononcé, pourrait passer par la suite comme ayant été un jugement téméraire. — Pour mettre ces tout derniers penseurs, ceux qui ne répudient pas mes paroles, un peu plus à leur aise, jetons sur les précédentes *Émissions* un simple coup d'œil d'où puissent sortir quelques remarques éclaircissant un tant soit peu leur texte, et donc facilitant l'appréciation de cette partie de leur contenu pouvant passer pour mystérieuse.

Or, la 1re *Émission* n'est qu'une simple annonce de l'arrivée d'un *missionnaire céleste* se présentant sans autre titre de créance que sa seule assertion dénuée de preuves généralement acceptables de sa vérité, si ce n'est celle ressortant pour peu de penseurs de ce parfum intellectuel qui s'exhale, imprégné de vapeurs de certitude, de l'ensemble de ce météore à lumière équivoque pour des profanes ; ou bien si ce n'est cette autre preuve que l'on pourrait puiser dans la narration expliquant la manière dont s'est formée la conviction inébranlable de l'auteur sur le fait de la certitude acquise de sa *mission :* narration portant dans son intérieur et dans la combinaison des idées considérables qui la composent, ce cachet de vérité auquel ne se méprennent pas, non-seulement les théosophes, mais même les isolés penseurs familiarisés avec l'expression philosophique des idées profondes.

Dans ma 2e *Émission,* je proclame que je descends du Ciel, et je montre que cela est bien vrai quand je dis qu'au temps des *journées de juillet une voix divine m'appela. . . . . . . et me rappela à mes destinées.* Car on ne parle pas ainsi et on ne débite pas ce qui se voit inscrit dans ce passage lorsqu'on ne revient pas de l'empyrée directement et récemment, c'est-à-dire sans interruption assoupissante. En effet, si, à toute rigueur, un mortel illégitimement mû, mais spirituellement privilégié, aurait pu parler comme je l'ai fait dans ma 1re *Émission,* ici, dans ma 2e, et dans le passage précité, la chose devient impossible ou non faisable ; car pour la dire, cette chose, il faut la savoir, et quand on la sait on se tait pour laisser la parole à celui désigné par la Providence.—Toutefois, comme cette preuve est hors de la sphère d'activité de la raison commune actuelle à laquelle manquent certaines données incontestablement admises, elle ne peut valoir qu'à titre de

pressentiment de sa vérité pour les intelligences chaleu-
reuses et comme une assurance à saveur excitante pour les
esprits froids.

Dans ma 3e *Émission,* je m'installe sur la Terre et j'illumine
ma *mission* des reflets les plus brillants que puisse fournir
la Raison dont j'exalte même au plus haut degré la fonction
pour attirer plus sûrement sur mon œuvre les regards de
ceux qu'agite l'esprit de recherche, et pour lesquels la Raison
est la divinité à laquelle ils sacrifient et en qui seule ils mettent leur confiance : Se servant d'elle comme d'un aide réputé infaillible, non-seulement pour leurs scrutations théo-
riques (quoique toute théorie s'appuie à son origine sur des
principes qui ne peuvent eux-mêmes être bien assis qu'à la
suite d'une confirmation propre, laquelle aussi, et bien qu'absolue, en réclame, comme fermant la porte à des retours
dubitatifs, une seconde animico-existante vérifiée), mais aussi
dans leurs investigations sur les lois et les résultats de l'activité de l'Être, pour la certitude de quoi est indispensable
une confirmation fournie par une longue constatation expérimentale dont les résultats eux-mêmes ne peuvent être
admis comme ayant le caractère d'une certitude invariable, qu'au moyen d'une RÉVÉLATION qui en certifie la justesse acquise dans l'éternité, enrégistrée dans les arcanes
divins et exhibée dans la concordance harmonique des
sphères célestes. — Toutefois, quelque éblouissants que
soient les reflets dont j'entoure la Raison sous l'influence
excessive que j'accorde à cette faculté surnaturelle de
l'âme, et quelque vive que soit la lumière que je projette
dans les profondeurs de la science divine en ma dernière
Émission, cette lumière qui éclaire sans précisément instruire
peut bien attirer un moment les regards des *esprits forts ;*

mais ce qu'elle éclaire ne saurait être considéré par eux, à cause du voile de cristal plus ou moins terne qui les sépare du Dieu de vérité, lequel n'est à découvert que pour les clairvoyants ses élus, que comme de pompeuses assurances; de façon que jusqu'ici il n'y a d'émis pour les mortels à esprit droit et cultivé, et auxquels il manque certaines vérités primordiales mises hors de doute, que des assertions sinon tout à fait gratuites, du moins non suffisamment étayées à leurs yeux. Ce ne sera que dans l'*Émission* où je reprendrai la suite de l'*Inaugurative* que les preuves rationnelles qui dévoilent en partie la vérité de ma *mission*, en tant que considérée du côté de son caractère spirituel, commenceront à poindre. Là, les philosophes en qui se résument les élucubrations humanitaires surhumaines rencontreront l'aliment spirituel dont ils se nourrissent.

En attendant, et après avoir, comme nous venons de le faire, jeté un coup d'œil général sur mes trois premières *Émissions*, reprenons-les pour les considérer en outre en quelques-uns de leurs points spéciaux, et aussi, et à cette occasion, dans l'intention de ma part de faire épargner un temps inutilement employé à l'épanchement loyal et authentique de certaines critiques que quelques littérateurs pourraient être tentés de faire à ce commencement de mon œuvre, peine qui pourrait devenir regrettable, et en tous cas inutile, comme on va le voir. — Or, pour cela, je me servirai d'une petite correspondance tenue avec mes fils, qui seuls ont répondu à mes *Émissions*.

Et d'abord sur l'envoi de ma 1re *Émission*, qui nous occupera seule cette fois (sans pourtant que je prenne l'engagement irrévocable de revenir sur les deux autres), voici l'ampliation de leur réponse :

Nice, le 8 octobre 1844.

«Cher père,

« Nous avons reçu avec une grande joie la modeste ouver-
« ture de l'œuvre paternel. Un tel début ne mettra certes pas,
« du moins ostensiblement, la presse militante en émoi. Ce-
« pendant, dans notre opinion, nous l'avons jugé suffisant et
« propre à préparer les esprits d'élite appelés à *comprendre*,
« dans l'acception la plus intime de ce verbe. Du reste, in-
« tentionnellement ou non de ta part, cette première *Émis-
« sion*, à notre avis, prête en plusieurs endroits les flancs à
« la critique. Et d'abord :

OUVERTURE
D'un événement de la dernière grandeur, etc. etc.

« Outre que toute cette longue période présente trop de
« similitude avec les emphatiques et grotesques annonces
« des *Humanus humanisationibus*, elle a l'inconvénient d'arrê-
« ter dès le premier pas le lecteur qui, porté naturellement
« à isoler dans sa conception le mot *Ouverture*, ne peut s'ex-
« pliquer la phrase subséquente qui commence par un article
« génitif. C'est beaucoup si, à une seconde lecture, il s'aper-
« çoit que ladite phrase est régie par le nominatif *Ouverture*.

« En second lieu, l'adoption d'une élocution propre à l'au-
« teur nous empêche d'improuver sa manière de s'énoncer,
« souvent défectueuse au point de vue de l'élégance, et quel-
« quefois de la syntaxe. Il est vrai que la négligence du style,
« vice capital dans un ouvrage purement littéraire, devient un
« défaut très-minime dans un code religieux, témoin l'Évan-
« gile. Peut-être même l'art du rhéteur ferait tache dans sa
« composition. Néanmoins, je pense qu'on ne peut atteindre
« à une lucidité *solaire* sans un style pur et correct.

« Nous avons remarqué aussi une violation des lois dialec-

« tiques d'après lesquelles on doit subir rigoureusement les
« conséquences d'une proposition émise. Or, conformément
« à la détermination impulsive et nettement formulée par
« l'auteur, de s'adresser aux journaux que la Providence a
« mis entre ses mains, on s'attend à le voir reporter, après
« le déni de *la France,* ses tentatives sur *le Siècle, la France* et
« *le Siècle* étant les deux journaux qu'il croit providentielle-
« ment tombés sous ses yeux. Il n'en fait rien cependant, et
« ne donne même pas la raison qui le fait s'abstenir de frap-
« per à la porte du *Siècle.* Cette infraction logique cause un
« sentiment de peine et laisse des regrets. Et d'abord, elle
« crée des doutes : vous dites que la Providence vous ouvre
« une voie, et vous n'y entrez pas. Alors, ou vous négligez les
« indications du ciel, ou le mot Providence n'est pour vous
« qu'un mot malléable, élastique, que vous employez à vo-
« lonté. En outre, dans l'avenir, la presse pourra se justifier
« d'avoir montré de l'indifférence pour une annonce de salut
« qui ne lui a pas été signalée, et *le Siècle,* qui s'adresse à trente
« mille lecteurs, et qui est bien plus que *la France* l'organe et le
« représentant de la parole écrite, pourra toujours dire qu'il
« aurait probablement ouvert ses colonnes à la nouvelle doc-
« trine s'il en avait été requis, d'autant qu'il est lui-même un
« journal de progrès et une chaire de régénération.

« Notre dernière observation porte sur une phrase où l'au-
« teur admet que son annonce de mandataire divin peut pro-
« venir d'une illusion de sa part. Cette crainte modeste, très-
« recommandable ailleurs, saute aux yeux du sens intime
« comme une faute dans la déclaration d'un envoyé d'en
« haut. On sait que pour bien pénétrer les autres il faut être
« avant bien pénétré soi-même, et il semble que tout messie
« doit exprimer sa révélation aux hommes courageusement,

«indubitablement, irrévocablement. «Dieu est Dieu et Ma-
«homet est son prophète» est à mon sens la formule arché-
«type des annonciations messiaques.

« Telles sont les remarques critiques que nous nous sommes
«permis de faire, d'après la faculté que tu nous en as oc-
«troyée, lesquelles reflètent purement les impressions que
«nous avons ressenties à la première lecture de l'Épître. Main-
«tenant nous croyons qu'il ne faudrait pas laisser écouler
«trop d'intervalle entre une *Émission* et l'autre avant qu'il
«n'en paraisse une qui exige une étude approfondie et de na-
«ture à susciter une controverse.

« Je te quitte là-dessus, et me dis avec vénération,

«Ton dévoué fils, GONZAGUE. »

Au reçu de cette lettre, ayant jugé que je ne devais pas me
laisser aller à répliquer soudainement aux critiques qui m'y
étaient proposées autant que soumises, je chargeai celle de
mes deux filles qui est auprès de moi de faire à ma place une
réponse provisoire qui commençait comme suit : «Notre
«père, n'ayant ni le temps ni la volonté de répondre de suite
«aux critiques contenues dans votre dernière lettre, me
«charge, pour que vous ne restiez pas trop longtemps dans
«l'attente, d'apprendre l'effet qu'ont produit ici vos remar-
«ques sur la première *Émission,* de vous transmettre, sinon
«tout à fait ses pensées à leur sujet, du moins ce qui se pré-
«sente tout d'abord comme pouvant leur servir de réplique
«à la suite des premières impressions qu'il en a reçues.» —
Venait ensuite l'aveu que dans mon opinion même mon style
en général avait quelque chose d'incorrect et parfois de disgracieux ; aveu délayé dans un passage de cette réponse dont
voici l'extrait : «Notre père n'ignorait pas que l'emphase de
«la toute première période de son *Annonce,* et surtout sa

« contexture, passeraient pour un embrouillage grotesque,
« selon votre expression, aux yeux de plusieurs lecteurs, et
« que son style serait mal reçu comme tenant à un genre
« disgracieux dans plusieurs de ses parties, entre lesquelles
« quelques-unes, trop dures à digérer, seraient déclarées re-
« butantes. Or, notre père tâchera d'être lucide ; il est par-
« faitement de votre avis à ce sujet, car il sait bien, ainsi que
« tout homme sensé, que la première et la dernière loi des
« langues est la clarté ; mais ce ne pourra être qu'autant que
« le permettront et sa manière d'écrire et la délicatesse des
« sujets qu'il aura à traiter ; car, ayant à dire des choses,
« sinon tout à fait nouvelles (il n'y a rien, dit-on, de nouveau
« sous le soleil), du moins sortant du cercle des pensées com-
« munes, on ne pourra pas le lire comme on fait d'un roman
« pour se distraire, mais il faudra l'étudier et se familiariser
« avec son langage. » — Passant de là à un autre des critiques
en question, à celle qui me reproche d'avoir négligé les journaux, ma fille ajoutait : « Notre père, agissant dans sa liberté,
« se règle d'après les circonstances ; le *Siècle* a passé sous cette
« règle. D'ailleurs, dans ce qu'il a dit touchant la manière dont
« lui est parvenu ce journal, d'une part rien ne l'obligeait
« absolument à recourir à lui, et d'autre part il a assez ex-
« pliqué, sans qu'il ait cru nécessaire d'en déduire les motifs,
« pourquoi, après le refus tacite de *la France,* il renonçait à
« avoir recours à qui que ce soit, et donc au *Siècle.* Cette re-
« marque critique à laquelle se prêtait un peu, l'auteur en
« convient, sa rédaction précipitée en ce qui se rapporte au
« *Siècle,* a peut-être aussi été suscitée en vous par le désir que
« vous auriez de voir éclater au plus tôt l'*événement salutaire ;*
« oubliant passagèrement, ce qui nous a été pourtant répété
« bien souvent, à savoir : que si l'*Œuvre* en cours de construc-

« tion doit avoir du retentissement du vivant de notre père,
« elle en aura, n'en doutons pas; tandis que dans le cas con-
« traire et s'il était écrit que cette œuvre en graine dût germer
« dans l'ombre jusqu'à la mort de son semeur, ce serait en vain
« que nous tenterions d'employer des moyens intempestifs de
« publicité. Soyons donc résignés sur ce point comme sur
« tout ce qui tient à cette œuvre de salut, à la volonté du ciel,
« attendant patiemment ses manifestations positives ou néga-
« tives (style paternel). » — Enfin après être convenue dans
sa réponse et selon mon ordre que ma rédaction négligée sur
la possibilité d'une illusion de ma part en qualité de mandataire d'En-Haut avait pu tromper ses frères à la première
vue, ma fille terminait ainsi : « Malgré ces sèches répliques
« à vos critiques, ne manquez pas d'en faire d'autres s'il
« vous en passe par l'esprit. Vous savez que notre père va non-
« seulement au-devant des objections et des critiques, mais
« vous connaissez aussi son impassibilité sur ce qu'elles pour-
« raient avoir de piquant et même d'amer. »

Maintenant passons à la réponse préparée pour être écrite
par moi-même à mes fils, et adressée plus particulièrement
au signataire de la lettre de Nice à raison de ce qu'il s'est per-
sonnellement et bravement élancé à la brèche qu'il entre-
voyait comme largement praticable sur quelques points de
mon Écrit; car cette lettre ci-avant reproduite a été conçue
par lui et dressée dans les propres termes que je me suis
astreint à rendre non-seulement en substance, mais aussi
comme qui dirait mot à mot. — Voici ma réponse :

« Ta sœur, mon cher Gonzague, t'ayant déjà transmis en
grande partie mes pensées sur vos remarques critiques
concernant ma 1re *Émission*, il ne me resterait guère à
ajouter à cette réplique si les réflexions qu'ont provoquées

en moi quelques-unes de tes remarques, après leur première
impression, ne m'avaient ouvert le champ à quelques nouvelles considérations qui, j'en suis sûr, vous intéresseront.
— Ainsi,

« 1° Vous avez bien raison de critiquer mon préambule
commençant par un mot si mal placé, eu égard à ses subor-
donnés et aux usages de la parole écrite, que ce préambule
doit être accusé de se présenter dès son premier pas porteur
d'un signe équivoque pouvant surprendre défectueusement
le lecteur; préambule qui, en outre, formant la première période de mon *Émission* par l'assemblage de beaucoup de mots
rangés sur dix-neuf lignes in-4°, s'enrocaillant dans la liaison
de leur sens sur des idées dont la portée de la plupart (et
plusieurs sous la forme d'incises) n'est pas généralement convenue, doit se présenter aux yeux du vulgaire lettré comme
venant d'un auteur à style de Lycophron. — Que vous drai-
je?... C'est Dieu qui l'a voulu. Car ce début préambulique, que
j'ai rédigé deux semaines avant de le livrer à l'impression,
manqué du premier jet en tant que s'adressant au commun
des lecteurs de nos temps, ne m'a jamais plu; et néanmoins,
et quoique je sois revenu à plusieurs reprises sur sa tournure
pour la rendre limpidement coulante au regard des molles
intelligences, il ne m'a pas été possible de réussir à façonner
dans ce sens ces premières lignes de mon ouvrage, de sorte
que c'est de guerre lasse que je l'ai abandonné à son sort. Ce
qui me prouve, entre autres, que la Providence, qui m'a laissé
mettre au jour cet article malgré que sa tournure me déplût,
a voulu sans doute que je me présentasse, dès mon entrée en
lice spirituelle, non-seulement dépouillé de tout prestige
emprunté à la forme du langage réputée belle et prêtant son
attrait au contenu de mon début, mais que j'outrageasse

même cette forme tant choyée de ses aimants, auxquels j'ai
fourni ainsi en général motif de blâme, et à ceux qui s'attachent d'ordinaire au côté ridicule des choses, sujet de
moquerie.

« 2° Mes *Émissions* auront, en général, le défaut apparent et
l'inconvénient réel pour le présent, non-seulement de n'être
pas dans leur entier à la portée de tous les lecteurs à cause
de la profondeur des idées souvent mystérieuses qu'elles
contiendront; mais même de rebuter, par l'étrangeté de leur
expression et de leur tournure, beaucoup peut-être de ceux
qui, non initiés au langage de ma *mission,* pourraient entrevoir en partie ce qu'il y a de vrai et de bon dans leur exposé.
En effet, au fond quelques-unes de mes phrases seront dif-
ficilement compréhensibles faute de certaines définitions
préalables que je ne puis donner, impliquées qu'elles doivent rester dans l'ensemble de l'*Œuvre;* du côté de la forme,
mon langage se trouvera par-ci, par-là entaché de quelques
incorrections qui soulèveront toujours contre moi les acadé-
miciens, et surtout les grammairiens puristes; et pour ce
qui est de la liaison du fond et de la forme, mon style,
en général inévitablement inégal pour bien des raisons, et
en particulier concis du côté des phrases premières élémen-
tairement considérées, mais embrassant souvent beaucoup
d'idées à la fois, qui s'enchaînent incidemment et se disten-
dent par leur nombre en de trop longues périodes, manquant d'équilibre, ce qui le présente sous une teinte obscure
et comme haletant; mon style, dis-je, dont la difficulté de
la compréhension fondamentale ne pourra qu'être augmen-
tée par ces causes embarrassantes, n'aura pas cette coulante
simplicité qui, au milieu même d'un enchaînement nom-
breux d'idées, vous fait comme glisser sans secousse sur ses

ondes, et ne sera que trop peu souvent paré de cette saine
élégance et de cette belle harmonie qui, à juste titre, plaisent tant aux amateurs du Beau littéraire. — Or, quant au
manque d'élégance s'ajoutant à la difficulté de l'intelligence
de celles de mes périodes dans lesquelles, faisant s'agiter trop
d'idées à la fois, j'introduis un air et un ton de confusion
(ainsi que le porte sans aller plus loin le présent com-
mentaire de mon style, reproduisant ses défauts), outre
que cela tient sans doute à mon individualité, d'où le
corollaire qu'il faut me prendre tel que je suis, il y aurait
puis à considérer que ce n'est pas sans un certain consentement que je ne cherche point à dissiper cette apparente confusion par beaucoup plus d'explications données en phrases
détachées, et par une ordonnance plus nette ou du moins
plus claire de certaines parties des sujets que je traite ; espèce
de confusion apparente et à la fois concentrique et diffusionnelle par sa forme, dont, au contraire, je m'envelopperai
quelquefois pour ne pas jeter des perles à tout venant. Au
surplus, je ne serai que trop clair pour les clairvoyants à
demi, à tel point que si je ne savais que la Providence ne permettra pas qu'on abuse de mon extravasation de vérités sacrées, je m'envelopperais de bien plus de précautions, et à
l'imitation de mes prédécesseurs, ma phraséologie affecte-
rait plus souvent, non l'ambiguïté, mais la mysticité. —
Quant à mes incorrections grammaticales, sans vouloir trop
les excuser, j'avoue et je préviens, déclarant surabondam-
ment que j'estime beaucoup la correction dans le bon usage
des idiomes, parce qu'elle est, entre autres, un des bons
moyens de bien s'entendre, je préviens, dis-je, que, n'ayant pas
été dirigé vers le perfectionnement mécanique des langues, je
m'attache au fond des idées que j'émets couramment, sans me

laisser trop arrêter par la correction grammaticale, à laquelle pourtant je me soumets volontiers tant que je puis, quoique, à vrai dire, je me permette de lui faire subir quelques petits changements lorsqu'il me semble en passant que mes variantes sont préférables : D'où l'on peut inférer que ces incorrections ne m'affectent pas beaucoup, et que même j'en fais assez bon marché, ce qui ne laisse pas que d'avoir son côté vrai, suivant lequel je me repose sur une prescience linguistique qui m'avertit que toutes les langues mortes ou à l'agonie aussi bien que les vivantes, reçues en germe et développées tant bien que mal jusqu'à présent sur notre Terre, passeront, tandis que si mes paroles salutaires étant reconnues vraies par les hommes d'ici-bas, parviennent à fleurir au milieu d'eux, elles végéteront d'abord, non-seulement dans l'idiome français malgré mes incorrections, mais aussi dans leur traduction dans les autres langues actuelles qui n'admettront que le fond de mes idées joint à leur forme propre, se débarrassant autant que possible de ce que ma forme franco-grammaticale pourrait avoir de non convenable ; et elles vivront ensuite, ces paroles salutaires, dans la transformation des langues transitoires jusqu'à leur installation dans une langue universelle parfaite.

OPPOSITION.

« 3° Au sujet de ta citation musulmane que tu me proposes pour modèle, je te dirai qu'on ne peut parler lumineusement de *Mahomet* considéré dans sa *mission* sans le mettre en parallèle avec *Jésus-Christ* considéré comme *Homme*, parce qu'ils sont les deux derniers des compétiteurs apparents au Trône de la Terre que la Providence ait mis simultanément en relief virtuel et en opposition effective, liée par un nœud mystérieux, pour l'instruction de chacun d'eux, pour celle de leurs adhérents immédiats, et pour celle de l'Humanité tout entière.

« En effet, évoquant les jours de la naissance et les premiers pas faits dans l'ordre moral en notre monde sublunaire, considéré dans le sens de sa signification humanitaire relative à la régénération des humains de la Terre, nous voyons l'UNITÉ DE DIEU, source unique de la Vie où puisse s'abreuver l'Être, et qui peut seule, par sa connaissance, nous relever comme hommes de notre dernière chute vitale ; nous voyons, dis-je, l'*Unité de Dieu* illuminer l'aurore de la renaissance du *premier homme* à la *liberté*, lequel, sans soupçonner d'abord à cause de son androgynéité animico-spirituelle non encore discernée, la valeur infinie de cette UNITÉ sans pareille dont les prescriptions immuables et absolues ne comportent ni altération ni restriction, se mit innocemment et hardiment en communication avec le *Dieu de Vérité* par l'entremise de sa compagne la *Raison*, née alors en conjonction séparative, de lui et du même Dieu : Compagne qui, dans l'éblouissement que lui causa le rappel commémorable de sa haute fonction, infusa à l'*homme* en le réveillant cette sorte d'orgueil délétère, ennemi de la sainte liberté, dont il se laissa fasciner jusqu'à se persuader qu'il pourrait impunément se soustraire à l'obéissance divine et agir arbitrairement par lui-même comme s'il était Dieu, comme ce Dieu tonnant au nom et au milieu des éclairs de la nécessité. Et lui, ce premier homme, sortant à peine du gouffre de la nature inconsciente pour passer dans les langes de la nature humaine et à la première succion du lait de sa nourrice prochaine, la *Liberté;* lui cet affranchi de la veille, Elle, la Raison, si présomptueuse, quoique surgie il n'y avait qu'un moment du néant, se prirent à croire inconsidérément, malgré leur nudité dont ils n'avaient pas honte, qu'ils pourraient prendre possession de la Terre comme d'un héritage qui leur était dévolu incontestablement sans travail personnel. Et sans se rendre attentifs à cette voix intime qui leur rappelait que la punition suit toujours et infailliblement toute infraction aux lois divines, ils se laissèrent entraîner au Mal. — Or, cette *Unité,* miraculeusement sauvée dans l'*Homme* de l'engloutissement où elle pouvait rester submergée à la suite de ce funeste entraînement, *Unité* réapparue plus majestueuse qu'aux premiers jours de son apparition ici-bas, et consécrativement installée sur la Terre en opposition au Mal sous les auspices du sacrifice compensateur reconnu nécessaire et résolument consenti; *Unité* vue ensuite face à face, et électivement déléguée pour être enfin mosaïquement exposée vivante dans l'Hébraïsme et sous la garde secrète du peuple élu de Dieu; cette *Unité* servit de berceau à la naissance de J. C. comme *Homme,* qui ne tarda pas à reconnaître en elle, en cette unité théorique, le principe éternel et primordial qu'il étendit jusqu'au dogme *trinitaire* au milieu et au centre duquel se plaçant comme *Dieu,* Il lia ondulativement la virtualité absolue par sa propre vertu agissante à l'Esprit immuable, et se donna mentalement la toute-puissance conceptionnelle et exécutive comme provenant du Dieu son Père, de qui Il reçoit l'existence en se mirant en Lui et hors de Lui : existence non-seulement préconçue en Dieu, mais basée aussi de toute éternité sur la réalité du Fils de Dieu, lequel se trouvant ainsi engendré fut le Sauveur des hommes dont il devint ensuite le Rédempteur comme holocauste volontaire.

«Passant de là à l'application du dogme et de ses corollaires, c'est-à-dire à la formation de la doctrine pour la réalisation du Bien en opposition au Mal, J. C. découvre et sent par réminiscence divine que l'amour pour ses semblables, base capitale de la vraie félicité, doit, pour effectuer le plus grand bonheur dont chacun est susceptible, fonctionner sur la fraternité des hommes par la paternité divine : bonheur qui, pour être complet, doit comprendre dans ses éléments constitutifs le sentiment de la dignité, ce qui ne peut avoir lieu, voulant embrasser, comme de juste raison, toute l'Humanité, qu'en procurant définitivement à tous autant de liberté consciente que possible, et obtenant en même temps par elle, au lieu que ce soit par la coërcition brutalement arbitraire, l'obéissance volontaire (sujétions en tout cas indispensables à toutes unions, unions sans lesquelles d'ailleurs rien ne passerait à l'existence) et même les sacrifices exigés par le Bien universel.—Il confirma sa doctrine par l'exemple de sa fraternité unie à sa paternité, la couronnant par le sacrifice effectif.

— Et la Providence, conformément à sa fonction divine conservatrice de la Création et dans ses actes spirito-gestateurs et occultement tutélaires en faveur des régénérations libres, actes selon lesquels Elle avait toujours et jusque-là réalisé Elle-même sur la Terre, ou facilité l'établissement des conceptions incubées par les divers enfants ingénieux de la

3

Terre dont est pourvue notre agrégation humanique, aplanit les voies à la doctrine naissante de J. C. prêchée par ses Apôtres; et le Christianisme, prenant racine insensiblement, parut un jour avec éclat et s'établit enfin.

Mais la Vie, qui est la seule chose bonne pour elle-même, étant contingente et par conséquent soumise à la possibilité de sa réalisation, ce qui généralement parlant ne peut s'effectuer que par degrés ascensionnels du sommet desquels elle doit retourner à sa base, il ne peut y avoir d'autre fin absolue dans l'univers que celle de l'établissement de la Vie sur un pied de perpétuité. Cependant tout établissement vital, si la nécessité ne l'entraînait vers sa ruine, et si rien de ce qui l'entoure ne venait ou détruire son organisation ou contribuer à l'accroître, persisterait invariablement dans l'état où il serait parvenu une fois, état qui par sa monotonie se confondrait bientôt avec le néant. Or, pour rompre cette monotonie et la faire servir à un accroissement d'organisation progressant vers le terme final, il devient nécessaire (car la Vie étant bonne, il n'y a pas de raison en soi que l'Être qui la tient et qui en jouit à un degré quelconque désire rien de plus), il devient nécessaire, disons-nous, qu'une opposition à forme excitante et même à forme destructrice se présente; car, en la repoussant par effet primitivement spontané et subséquemment instinctif pour conserver le degré de vie acquis, il arrive que l'Intelligence à qui il faut avoir recours pour repousser l'agression contre laquelle aucune mesure n'est encore instituée, fournit des moyens qui, en se réalisant effectivement, accroissent le degré vital. — Le Christianisme, comme toute autre chose, avait besoin d'opposition pour progresser. Et cette opposition qui fermenta d'abord dans son propre sein, et qui, sous

une autre forme, l'entoura à sa naissance, ayant été vain-
cue sous cette dernière forme externe, moralement faible,
mais physiquement dure, par le généreux sang des con-
fesseurs du Christ; cette opposition agissant alors plus
librement sous sa forme intrinsèque et sous le nom de schisme,
dans toute la vigueur de son jeune âge jusqu'à devenir assez
puissante pour susciter, en fomentant la discorde, le perfectionnement spirituel de la religion chrétienne; cette opposition, disons-nous, se doubla par l'érection d'une seconde
opposition extrinsèque et formidable équivalente au Christianisme en force morale et temporelle, et qui comme telle
pouvait, en servant de vérification exotérique à la doctrine
chrétienne, contribuer à faire ressortir sa valeur totale. —
Cette opposition qui, tenant d'une main le filtre de la per-
suasion et de l'autre le glaive mécanique imposateur de sa
croyance, allait partager en deux camps de longtemps irré-
conciliables le monde religieux au cœur militant; cette opposition tranchée surgit tout à coup lors de l'apparition du
dernier des Prophètes.

«Or, Mahomet, né comme J. C. dans le sein de l'*Unité de
Dieu*, reconnut itérativement cette unité théorique, et,
quoique ne pouvant refuser d'admettre comme vraie la
création en elle-même de son extension *trinitaire*, il se dressa
néanmoins par esprit d'opposition, et sans doute à bonne fin
intentionnelle, contre ce développement absolu que J. C.
avait édifié, tentant de le refouler dans le néant intelligible.
Et masquant le lien qui défère du Père aux Fils la puissance
exécutive, il s'attribua le pouvoir suprême comme ayant été
le *Premier Prophète dans l'ordre de la Création humanitaire, et
comme étant le Dernier dans l'ordre de sa venue au monde.* —
Passant de là à l'application législative de son dogme, le

Prophète, déterminé par ses réminiscences humaines, et par conséquent mû par ses propres impulsions plus que par les inspirations divines, mais agissant sous l'égide de l'assentiment céleste et dans sa liberté, pensa de bonne foi, j'aime à le croire, que le meilleur moyen gouvernatif devait être imité de la Nature animale, qui en effet nous fournit des modèles parfaits dans ce genre de pouvoir absolu qui se confond avec le despotisme, comme on le voit dans les animaux fortement et vigoureusement organisés, en qui chacune de leurs parties obéit avec la promptitude de l'éclair. Et en conséquence, et sans vouloir le despotisme brut, ni sans renier tout à fait la liberté, dont la prédication pure aurait été d'ailleurs mal reçue par la partie virile qui devait servir de noyau à la propagation de sa loi, il laissa la liberté sous la compression du despotisme exercé par le supérieur s'imposant arbitrairement à l'inférieur.

« Ainsi, du côté des principes qui devaient servir de piédestaux aux prédisposés à être les premiers serviteurs de leurs frères, les deux hommes éminemment posés dont nous parlons différaient en ce que J. C. déduisait sa qualité d'*Homme-Dieu* de la substance totale de la Divinité, dont il mettait l'essence à découvert, tandis que Mahomet, éclipsant cette essence, dont l'absence laissait l'*Unité de Dieu* sans confirmation, s'imposait lui-même sans liaison dérivative, et par conséquent arbitrairement à l'Humanité, sous la dénomination comparativement modeste en apparence de l'*Homme-Prophète primitif et final,* et à ce double titre comme le représentant du Dieu des vivants et son Vicaire sur la Terre.

« Du côté de l'application à l'Humanité des doctrines dogmatiques découlant de ces deux principes, doctrines influencées d'ailleurs par la prépondérance des rémini-

scences respectives des deux universalisateurs en question,
ces doctrines différaient bien plus que leurs principes,
puisque les maximes de Mahomet, quoique morales en général, menaient au despotisme, qu'il est très-facile de régler
sous l'empire de l'ignorance de la presque unanimité des
sujets; tandis que celle de J. C., dans les conditions de la
science ouverte, menaient à la liberté dont l'organisation est
de la dernière difficulté à cause de la concorde à introduire
dans la diversité si grande des individus, presque tous vivement et aveuglément impulsionnés par l'égoïsme, entre l'é-
quitable liberté due à chacun et cette portion de servitude
que chacun doit prêter à la société : Société hors de laquelle il
est impossible de se dépêtrer des entraves agglutinatives qui
vous retiennent attachés au mécanisme matériel de la Nature pour prendre essor vers l'Esprit pur, parce que ce n'est
que dans l'union sociale seule, c'est-à-dire dans celle dilatée
par la circulation du Génie de la Liberté, que la lumière divine peut, en éclairant la Vérité, la montrer à découvert.

« Or, de la différence des principes et des doctrines dont
il s'agit, il est résulté chez les deux hauts concepteurs que,
quant à son principe, Mahomet a dogmatisé sa Mission en
disant : «*Il n'y a de Dieu que Dieu, et Mahomet est son Prophète,*» s'imposant ainsi sans restriction à la Terre; tandis que J. C. interpellé sur sa qualité divine, au lieu de
déclarer expressément qu'Il était vraiment le *Fils unique
de Dieu,* répondit : «Vous l'avez dit:» apprenant par là à
l'Humanité que c'est elle-même qui, dans ses pressenti-
ments d'abord et dans sa conviction ensuite, doit puiser le
mérite d'avoir reconnu son Dieu. — Quant aux deux doctrines législatives, l'expérience a suffisamment montré où
elles peuvent aboutir, l'une ayant laissé stationnaires les

peuples qui lui étaient soumis, l'autre ayant ouvert aux siens avec ménagement les voies de la science jusqu'à se laisser discuter elle-même (sous la seule réserve de ne pas se laisser détruire), pour montrer tout ce qu'elle contenait de bon : D'où il est résulté que, malgré les abus subversifs de la Vérité introduits dans l'exercice du Christianisme, de cette religion si pure par l'esprit dont elle est pénétrée, et si humaine par l'amour compatissant qui l'anime; d'où il est résulté, disons-nous, que malgré les tentatives obstinées pour arrêter sa marche, tentatives empoisonnées quelquefois par la malice de certains uns qui, pour la faire servir à des fins égoïstiques ou antireligieuses, la rendaient cruelle ; et malgré, d'autre part, les ébranlements destructifs que lui a fait éprouver la liberté désordonnée, frappant en aveugle sur elle pour la purger des vices étrangers à sa nature, que l'étroit esprit de conservation, transformé en fanatisme faussant sa marche, avait attelés à son char; que malgré, disons-nous encore, toutes ces tourmentes si diverses qu'elle a subies, aucune vertu humaine n'est plus concevable qui n'ait été déjà mise en lumière par Elle, qui n'ait été mise aussi en pratique partielle, et proposée dans cet état effectif à l'appréciation des uns et à l'admiration de tous.

« Nous résumant enfin sur le fait des deux hauts Éligibles que nous venons de traduire à la barre de l'Humanité, disons que chacun d'eux a agi dans sa liberté, selon son caractère, et conformément à la fonction que l'un et l'autre avaient reconquise, et dont la Providence, répétons-le, leur facilita simultanément l'exercice pour que l'Humanité, entrant vaillamment dans la lutte suprême des deux principes, pût voir au sortir de la glorieuse mêlée religieuse où elle aurait montré sa dignité par son ardeur à se sacrifier pour la Vérité, quel était l'étendard qu'elle devait suivre comme étant celui qui pouvait la mettre sur la voie véritablement salutaire (1). — Ce n'est pas que la Providence ne sût très-bien, ce qui va sans dire, de quel côté était la vérité essentielle ; mais, qu'il nous soit permis de le divulguer sommairement, c'est qu'Elle a dù laisser à l'Humanité, pour que celle-ci ne fût pas lésée dans sa dignité, le mérite de reconnaître la Vérité en ce point de la plus haute et de la dernière importance, et par suite la gloire de s'être donnée elle-même son Dieu.

« ADIEU. »

Arrêté $\left\{ \begin{matrix} \text{du 5} \\ \text{au 6} \end{matrix} \right\}$ février 1845. $= \left\{ \begin{matrix} \{ 3 (12) 6 \} \\ \{ 0 (0) 0 \} \end{matrix} \right\}$ $\left\{ \begin{matrix} \text{jours de transition} \\ \text{de} \left\{ \begin{matrix} \text{la } 5^e \\ \text{à la } 6^e \end{matrix} \right\} \text{années quadragénaires.} \end{matrix} \right\}$

---

(1) Étendards sur lesquels sont tracés comme symboles, sur l'un, la *voie étroite* de l'arbitraire, tandis que sur l'autre s'épanouit la *voie libérale* de la Croix. Voies reliant leur contraste, dans l'esprit du mahométisme, par l'admission de la Croix comme une nécessité naturelle, exaltant le Croissant comme une satisfaction divine, et dans l'esprit du Christianisme par l'admission du Croissant comme moteur moral restreint dans sa moindre action requise pour l'accomplissement de l'ordre divin, exaltant la Croix comme une nécessité absolue en son efficacité devant laquelle doit céder toute mesure qui tendrait à l'altérer.

48

AVIS.

On trouve cette 4ᵐᵉ *Émission* , jointe aux trois précédentes,
chez le Concierge de la maison, 6 , rue de l'École-de-Médecine,
au prix ensemble de *seize sous*, soit : $\frac{4}{5}$ d'un franc $=$

$=$ FRANC 0,80 CENTIMES.

Paris. — Imprimerie et Fonderie de Rignoux , rue Monsieur-le-Prince , 29 *bis*.

4126

ÉPITRE AUX HUMAINS.

CINQUIÈME ÉMISSION.

PROMULGUÉE SOUS LE SCEAU

{ **Le terme du 1ᵉʳ des 4 ☐** }

LE FAIT FINAL

ET AVANT

INTERCALATION SECONDE.

Dans ma dernière Émission (la 4ᵉ), j'ai comme promis de revenir sur mes 2ᵉ et 3ᵉ ; mais j'attendais pour cela faire qu'il se présentât une circonstance qui, en me fournissant matière à exercice sur un sujet nouveau, me permît accessoirement de me glisser du côté de l'engagement que j'ai pris. Or, à défaut de cette matière qui ne m'arrive pas, je vais me rejeter sur moi-même ; c'est-à-dire que, sentant le besoin de critiquer moi-même mes écrits, puisque personne ne le fait, pas même mes fils, qui seuls ont répondu à ces deux dites Émissions, et qui, au lieu de les juger ouvertement avec un quelque esprit de critique, se sont mis, tournant casaque, à me louanger, hormis sur un point négatif de ma 3ᵉ Émission, au sujet duquel mon fils aîné a aventuré une espèce de censure, j'arrête ce trait lancé contre moi à la volée pour tirer parti de son attaque en apparence hostile, comme d'une occasion qui, sous le prétexte de légitime défense, me permettra de reprendre mes précédentes Émissions et de m'escrimer pour et contre moi.

1

Or, mon fils cadet, renonçant à toute critique, se borne à m'écrire en substance au sujet de ma 2ᵉ Émission :

« C'est à toi, mon cher père, que je m'adresse cette fois-ci, et non
« au mandataire divin en plein exercice de ses fonctions. Ce ne sera
« donc plus pour émettre audacieusement sur tes conceptions de nature
« céleste des observations prématurées dans tous les cas (le silence ex-
« terne du monde en est un signe), et qui, venant de ma part, ne peu-
« vent être que futiles et oiseuses. En effet, ma critique ne pourrait
« porter que sur la lettre et jamais sur l'esprit; mais si sous la lettre et
« dans la forme même que tu lui donnes palpite un sens intime latent,
« ainsi que je dois le supposer d'après ce que m'en écrit ma sœur en ton
« nom, la forme m'échappe comme le fond. . . . . »

Mon fils aîné ensuite, répondant à ma troisième Émission, me dit :

« Avant-hier, en terminant la lecture de ta dernière Émission (la 3ᵉ),
« je me pris à penser, en ne voyant plus sur l'intitulé de cet Écrit que
« le pur nom *Arson;* et après avoir apprécié les motifs qui t'avaient dé-
« terminé à le dépouiller de son ornement mondain; je me pris à pen-
« ser, dis-je, qu'il restait cependant à ce nom des parrains non pro-
« bablement vains; et vivement excité par cette pensée, je minutai tout
« chaud les quelques lignes que je vais te transmettre telles qu'elles sont
« sorties incontinent de mon cerveau, ne voulant ni les dénaturer ni
« même les polir, afin qu'elles te rendent ma pensée dans toute sa
« naiveté.

« Voici donc cette pensée, que je te soumets en toute humilité :

« Passons condamnation sur le titre de Commandeur dont tu ne
« veux plus te décorer toi-même. Mais pourquoi, né chrétien et baptisé
« sous deux noms religieux, renier en quelque sorte ces noms qui t'ont
« été imposés, non sans motif sans doute, par l'Église: Église de laquelle,
« selon ce que tu nous en as toujours dit, tu n'entends pas sortir autre-

« ment que pour la faire poser devant toi, pour la juger dans ce qu'elle
« a fait, et pour lui indiquer une route plus sûre que celle qu'elle a
« tenue en la révélant de nouveau, ou, pour mieux parler, en la dé-
« voilant à elle-même? Des deux noms patronaux dont tu fus muni à
« ta naissance, *Pierre* et *Joseph,* le dernier, dont tu faisais un certain
« cas autrefois, puisque tu instituas ta noblesse terrestre sous son invo-
« cation, te faisant dénommer *Commandeur de Saint-Joseph,* à celui-
« ci, je pense, tu pouvais faire l'honneur de l'accoler à ton nom *ab-
« solu d'Arson,* ou du moins lui faire la politesse de le faire figurer par
« son initiale. Quant au premier, à celui de Pierre, on dirait que tu
« veux dissimuler une des plus belles parties de ta fonction divine en
« t'abstenant de t'en revêtir. Eh quoi! cette *pierre* sublime du Christ
« sur laquelle est bâtie son Église, et sur laquelle est assise la foi du
« monde Chrétien, n'est-elle pas celle qui, après avoir servi de base à
« l'érection du Christianisme, doit encore te servir à toi pour que de
« son piédestal tu puisses débrouiller lumineusement, après les horribles
« traverses de dix-huit siècles, cet enchevêtrement de doctrines si di-
« verses qui, en fournissant des armes perfides aux méchants et aux
« impies, ont poussé les peuples en divers sens, le fer et la torche à la
« main, jusqu'à couvrir plus de la moitié du monde de ruines ensan-
« glantées et de cadavres? Sous ce point de vue, il m'a semblé que le
« nom de *Pierre* n'aurait pas altéré la pureté de ton nom capital, auquel
« unissant tes deux noms patronaux en forme d'emblème mystique, il
« m'a paru qu'on n'aurait pu mieux les choisir à l'occasion de ta grande
« mission.

« En effet, comme répandant sur les tiens l'esprit divin dont tu es
« animé, le premier figurerait ta paternité spirituelle, et le second re-
« présenterait ta paternité temporelle, laquelle se déduirait de ton
« amour pour les hommes et de ton dévouement pour eux : ce qui
« comprend les qualités éminentes que doit réunir en lui celui qui est
« appelé à être le serviteur de tous ; car tu nous as appris que l'*om-
« niscience* et la *bonté de cœur* étaient les attributs essentiels de cet
« ordre admirable que tu projettes d'établir, puisque avec l'omni-
« science on peut se donner la puissance et l'immortalité, et avec la

« bonté procurer le bonheur à ses semblables en les faisant participer
« à la science du bien et à l'immortalité de l'âme.

« Mais je vais peut-être trop loin. Tu sais, du reste, quelque préten-
« tieuses que puissent paraître ces lignes tant du point de vue humain
« que de celui de ton divin savoir, si noblement, si hautement et si
« admirablement posé dans ta dernière Émission, combien humble fut
« toujours celui qui a l'honneur et le bonheur de se nommer

« Ton dévoué fils, GÉDÉON. »

Voilà les réponses que m'ont attirées mes 2ᵉ et 3ᵉ Émi-
sions, réponses qui, comme on le voit, loin de contenir des
critiques sérieuses, m'apportent un tribut de pompeuses
louanges tellement outrées, en tant que considérées mondainement, que cela ne peut que faire hausser les épaules à
ceux même qui seraient le moins mal disposés contre mes
prétentions messiaques, et ne peut paraître, aux yeux de ceux
qui s'abstiendraient de se prononcer sur la réalité de ma
mission, que comme de ces exagérations à perte de vue raisonnablement inapplicables à mon état présent dans l'hypothèse la plus favorable même : exagérations qui, dans
l'esprit des lecteurs les plus sensément froids, seront immanquablement considérées comme des exhalaisons mentales
provenant de deux jeunes hommes gonflés d'idées presti-
gieuses s'étant laissé fasciner volontiers en leur qualité de
fils par l'ascendant naturel d'un père supérieur à eux par
l'esprit, et sous le joug d'ailleurs lui-même d'une sublime illusion ; quoiqu'il me semble que je montre assez de (et même
une complète) liberté dans les jugements que je porte sur les
personnes et sur les choses, aussi bien que sur moi-même,
et que mes fils paraissent n'en être pas tout à fait dépour-
vus. Et à ce sujet, il me prend fantaisie de citer un fait
qui viendra à l'appui de cette liberté de me juger que j'ai

laissée, et même je pourrais dire inoculée à mes enfants. Il s'agit de cette réponse que ma fille fit de ma part à ses frères, et qui est relatée aux pages médianes de ma 4ᵉ Émission. Or, comme cette réponse, arrangée par moi pour figurer dans cette même Émission, contenait quelques jeux de mots plaisants, pouvant passer pour être de mauvais goût, que j'y avais introduits dans un dessein particulier, je ne pus amener ma fille à consentir de bon cœur à se charger de la responsabilité nominale de mes plaisanteries en laissant imprimer sa signature au pied de cette prétendue missive; non qu'elle ne se fût soumise résolument à condescendre à mes désirs en ce point, mais parce que restant libre, ce mélange du saint et du burlesque répugnait trop à ses sentiments aussi bien qu'à sa raison, et par-dessus tout parce que, dans sa profonde et filiale pensée, ce mélange était contraire à l'intérêt de ma gloire : ce qui me détermina, ne voulant gêner personne dans l'usage légitime de la liberté qui lui appartient de droit, à ne donner dans cette Émission-là que des extraits de cette réponse, d'autant plus avouables par ma fille, qu'elle les avait en substance véritablement écrits à ses frères.

Mais si ma fille, ainsi que j'en conviens sourdement, a eu raison de s'opposer à l'émission de mes plaisanteries, pourquoi, moi, ai-je été et suis-je encore d'avis contraire, puisque j'avoue n'avoir cédé à ses instances que par des motifs étrangers à la question qui nous divisait ? C'est que j'ai des raisons particulières qui me déterminent en cela, et entre autres, car il faut bien, sous peine de me mettre dans mon tort, en produire une au moins, c'est que je veux qu'on sache bien qu'on n'aura pas affaire à un moraliste censeur morose prêchant en faveur de la douleur volontaire à tout prix. Car, s'il a pu et peut encore être avantageux de se fortifier par le support de la souffrance contre les atteintes extérieures physiques et morales, obligés que nous sommes tous d'ailleurs de passer par les épreuves douloureuses purificatrices de l'âme et par celles qui doivent mettre à nu notre caractère régénéré ; cependant, comme les épreuves capitales sont faites et consignées sur le registre de la vie des temps passés et de ceux qui viennent de s'écouler à peine, et que c'est sur cette *capitalité* que va se fonder le perfectionnement futur de l'Humanité, le temps est bien près où un commencement de compensation aux maux soufferts jusqu'ici sera accordé aux humains par l'introduction proportionnellement équitable au milieu de nous des plaisirs qui, sans porter aucun dommage ni à soi, ni au prochain, ni à la Société, peuvent rendre la vie de chacun d'autant plus agréable que les plaisirs leur seront ménagés et départis convenablement jusqu'à ce que nous soyons amenés à nous faire un plaisir de nos devoirs. Or, parmi les jouissances divertissantes que nous pourrons loyalement nous procurer (je laisse de côté dans cette explication-ci celles que nous puiserons dans le Bon et dans le Beau), en est-il de plus agréablement amusantes que celles provenant de l'esprit se jouant avec lui-même en liant les combinaisons des choses par des relations qui provoquent le *rire,* cette propriété exclusive de l'homme ayant l'intelligence idéalisée devant lui et distincte de sa personnalité ? Non certes ; les hommes élevés ne l'ignorent pas. Au fait, et pour ne parler que du charme que procurent les mots spirituels aux esprits délicats, si les bons mots en particulier les affectent en effet délicieusement, c'est que, outre qu'ils réveillent dans l'homme la conscience du jeu qu'il fait de sa liberté, ce qui, le laissant planer au-dessus de la Nature, accuse sa participation à la divination et par conséquent le remplit de contentement, ils procurent aussi une satisfaction cordiale aux âmes d'élite délectablement émues par le contact du causeur spirituel, pourvu que celui-ci, sans jamais sortir de la sphère de l'honnêteté en général, ne froisse en particulier le *juste* amour-propre de personne par les traits fins de ses pétillantes saillies : satisfaction cordiale pleine d'entraînement dans ses calmes vibrations, lesquelles, par une pente douce, nous inclinent et nous portent vers notre semblable, auquel nous nous attachons amoureusement, parce qu'une jovialité pétrie d'esprit et de franchise s'épanchant du cœur d'un homme, le rend aimable en ce que son expansion sans fard ni réticence prouve, ou du moins donne à présumer qu'un tel homme aime le prochain.

Mais revenons aux éloges ci-avant étalés et à l'espèce de reproche qui m'a été fait d'oublier en quelque sorte mes illustres parrains. — Or, avant de faire asseoir sur la sellette le reproche qui m'est fait d'avoir comme renié, ou du moins mal à propos négligé mes noms baptismaux, dois-je répondre aux louanges dont mes fils, dans leur exaltation anticipée, me comblent? Mais les éloges, les applaudissements et autres stimulants semblables, qui ne sont sainement efficaces qu'en tant qu'ils excitent l'émulation au Bien et qu'ils servent de confirmation aux bons actes déjà accomplis et d'encouragement pour ceux à faire, ne me plaisent plus dès que leur portée dépasse cette ligne ou en change la direction; et si malgré leur application sur moi, en général inutile, et malgré même leur déviation de la bonne voie, ils peuvent quelquefois, et dans des cas non réprouvables, m'amuser un moment, ils me causent puis de l'embarras s'ils s'adressent à moi et qu'il faille y répondre. Au fait, que peut-on répondre à des éloges faits à soi-même à bout portant, fussent-ils accompagnés de la certitude qu'ils sont mérités et faits de bonne foi?... Les accepter sans restriction serait afficher un

défaut de modestie, ou du moins une indifférence pour cette
vertu, ce qui aurait l'inconvénient de donner un piètre
exemple aux piètres d'esprit et de cœur;... les repousser
complétement et expressément lorsque la conscience vous
assure, et c'est le cas actuel, que la conscience publique les
confirmera par la suite, serait montrer trop de réserve et
se faire juger par la postérité comme ayant manqué de confiance en soi et de franchise envers ses frères;... se tenir
enfin à ce sujet dans un juste milieu, serait trop long à dire,
et en outre assez difficile à bien arranger. Mais au lieu de
chercher à vaincre cette difficulté, contre laquelle aucune
nécessité ne m'oblige à me heurter, tournons-la, et la prenant
par son côté négatif, n'en parlons plus.

Répondons maintenant au reproche de mon fils aîné, pré-
venant toutefois d'avance à titre de précaution oratoire que
je n'adopte ni ne rejette pleinement les raisons dont il s'est
servi pour appuyer sa remontrance, lui laissant tout entier
le mérite de les avoir conçues, en tant qu'elles peuvent lui
appartenir, quelle qu'en soit d'ailleurs la valeur et quelle
que soit la justesse de leur application; répondons, dis-je,
que comme il serait bien possible que mon fils fût dans le
vrai au sujet de mes deux noms patronaux considérés comme
ayant été négligés par moi sans motifs suffisants, je me décide on ne peut plus volontiers, non-seulement à me servir
d'eux comme étant le plus bel ornement à ajouter à mon nom
propre, mais aussi à profiter de cette occasion pour rendre
hommage à mes dignes patrons, tant à motif de leurs bien-
faits généraux répandus sur la Terre lorsqu'ils y ont été vivants qu'à titre de remercîment pour les secours obligeants
et efficaces qu'eux et leurs frères m'ont prêtés occultement,
en faisant successivement passer sous mes yeux les traces de
leur esprit laissées pour me servir de guide. Et pour met-

tre immédiatement comme un sceau à cette due déclaration
de ma part, j'apposerai au pied de la présente Émission ma
signature, que je ferai précéder des initiales sanctifiantes P. J.

Passons enfin à ma propre censure. Or, posant devant moi
mes trois premières Émissions pour frapper publiquement
de désapprobation les défauts que je leur reconnais, je vois
d'abord en général, outre ce que j'ai déjà blâmé en elles dans
ma 4ᵉ, qu'elles se ressentent, considérées du côté moral de
l'auteur, de la préoccupation d'un homme faisant sa première
rentrée sur une scène ouverte à tous les vents, et, du côté
spirituel, de mon manque d'habitude d'écrire pour le public,
à quoi il y a à ajouter une trop grande précipitation apportée dans ma rédaction. En particulier, la 3ᵉ, à partir de sa
seconde moitié, a le dernier de ces défauts plus que les précédentes, et voici pourquoi et comment : Conformément à
ma résolution déclarée à la fin de ma 2ᵉ Émission, de livrer immédiatement au public la finale de la première partie de l'*Épître aux Humains,* j'envoyai cette finale à l'impression de suite après la publication faite de ladite 2ᵉ Émission.
Mais avant de recevoir de l'imprimerie la première épreuve
à corriger, je m'aperçus, toute fin ne pouvant recevoir sa
valeur totale que de son principe, que je me laissais prendre
au traquenard d'une bévue en partant d'une fin isolée ; et,
en conséquence de cet avertissement de ma défaillance, je
retirai cette finale pour le remplacer par le commencement
de l'Épître.

Cependant ce commencement me paraissant court, et sollicité d'ailleurs par une démangeaison qui m'excitait à profiter de la circonstance pour me décharger d'une partie de
tant de bonnes et belles vérités dont Dieu a comblé mon esprit, j'accrochai les premières idées venues que j'entassai
sans réflexion suffisante les unes sur les autres, les déliant et

2

les reliant, c'est-à-dire les recomposant sur la correction des épreuves, et leur donnant enfin pour escorte un *avant-propos,* un *appendice* à double fin, et par surcroît une *remarque.* Or, ce n'est pas en travaillant si légèrement à des ouvrages sérieux et sans y apporter toute l'attention voulue, qu'on peut les parfaire. Aussi, qu'est-il arrivé de là? C'est que ma 3ᵉ Émission (je n'entends parler que de ce que j'y ai ajouté à partir de son milieu) est moins claire qu'elle ne pourrait l'être. Et cependant je n'ignore pas que mon style en général, ainsi que je l'ai déjà dit, n'a pas toute la clarté désirable; car, quoique j'aie tranché un peu cavalièrement sur ce sujet dans ma 4ᵉ Émission, je sens et je sais très-bien qu'à la réserve de ce qui portera l'empreinte du mystère dans mes paroles, je dois faire tous mes efforts pour me rendre lucide, non pas au vis-à-vis de toute sorte de lecteurs, mais à l'égard de chaque catégorie de personnes aptes à comprendre les diverses parties de mes Écrits qui peuvent être de leur ressort respectif. — C'est ce que je ferai à l'avenir.

Mais voici surgir une objection capitalissime. Eh quoi! pourra-t-on m'objecter, vous vous déclarez mandataire d'En-Haut, porteur de la parole divine, et surtout providentiellement inspiré, et vous vous présentez couvert des infirmités humaines! Comment reconnaître le doigt du Dieu fort là où l'homme se montre si faible!!!... La suite fournira l'explication de cette espèce d'énigme.

En attendant que cela vienne, quittant cet entretien accessoire que je tiens avec le lecteur, reprenons le cours foncier de mes publications. Or, on a pu voir à la fin de ma 2ᵉ Émission et avant son appendice comment il s'était fait que le commencement de la deuxième partie de l'*Épître aux Humains* avait été imprimée avant même l'annonce de la publication salutaire que j'ai entreprise. On a pu lire aussi dans le même

passage que j'avais résolu de mettre en distribution au plus
tôt, et quoique n'étant pas précisément à sa place selon
l'ordre de composition de l'Épître, cette portion déjà imprimée; en la faisant précéder toutefois de la finale de la première partie de l'Épître, parce que cette finale provoquant
et liant à elle ladite portion déjà et primitivement imprimée, donnait à celle-ci une signification dérivative qui en
augmentait la valeur et en étendait la compréhension. — Or,
maintenant que le commencement de l'Épître est préalable-
ment donné par l'émission de l'*Inaugurative*, je puis donner
aussi, sans les inconvénients présignalés, cette finale promise,
lancée, retirée, et que voici enfin :

> Extrait de la partie théosophique de l'*Épître aux Humains*,
>   ou, plus expressément :
> Finale de la première partie de cette Épître.

. . . .
. . . . — «Cela posé, abordons une autre question; je
veux dire, le droit divin étant ébauché, passons à l'esquisse
du fait universel et final, pour commencer à traiter ensuite de quelques matières communes faisant parties des
éléments de ce fait.

LE FAIT FINAL.

«La Terre, prédisposée à de hautes destinées que nous serons chargés d'accomplir si, dans cette rénovation d'é-
preuves à laquelle nous nous trouvons actuellement soumis,
nous parvenons à mériter par la réintégration de notre esprit au sommet de l'échelle intellectuelle, et si nous nous
rendons dignes, par la bonnification de notre cœur, de remplir dans l'espace éthéréen les fonctions célestes qui pourraient nous être confiées; notre Terre, dis-je, quoique abondamment pourvue de ce qui nous est utile pour notre état

de labeur inconscient, et en majeure partie de ce qui sera
nécessaire à son amplification, ne nous offre guère encore,
du côté physique, que le noyau matériel autour duquel
nous aurions, par la suite, à édifier la Cité céleste; amplification magnifique à laquelle nous ne pourrons nous livrer
qu'après avoir au préalable, et comme condition première,
ordonné sur notre Globe, d'une manière imperturbable,
une unité à la fois spirituelle et morale, organisée pour se
perpétuer, et qui, en offrant une garantie à la bonne exécution de notre direction dans l'accomplissement de la fonction libre qui pourrait nous échoir dans le monde universel,
nous procurera en même temps le bonheur, c'est-à-dire autant d'heureux jours à chaque membre de la Société qu'en
comportera sa nature individuelle.

Mais pour cela il faut, et c'est ici l'essentiel, que chacun
de nous, sous peine d'être rejeté comme pouvant troubler
l'ordre parfait à établir, devienne homme social, c'est-à-dire
que, étant porté de bonne volonté, il devienne sincèrement
honnête homme et franchement dévoué au Bien public, et
que, par conséquent, il soit au moins invariablement juste
envers le prochain, et qu'il participe de tout son pouvoir au
Bien général; non-seulement selon ses penchants, mais
aussi, et volontairement, au prix des sacrifices qui seraient
reconnus indispensables à l'établissement d'un monde parfait, dans lequel il trouvera son bonheur particulier en proportion de la part qu'il aura prise au grand œuvre final.

Or, pour nous rendre honnêtes, nous avons déjà la Religion, qui, ayant posé comme base du salut commun une
simple planche sur l'abîme du Mal, nous dirige sur cette
voie scabreuse vers la perfection morale, comme étant
l'unique porte par où nous puissions tous entrer en participation du bonheur suprême. — Et, d'autre part, pour

nous rendre aptes à contribuer chacun individuellement et de tout notre pouvoir au Bien général, il faut que nous apprenions, car nous ne le savons généralement pas, tant s'en faut, ce que chacun à cet égard doit et peut faire selon sa portée : But profond, sans doute, du côté du droit ou de la théorie ; mais immense aussi dans la détermination du possible individuel, à cause des innombrables détails intimément personnels dans lesquels il faudra s'enfoncer pour les fouiller et les fixer externement, et dont l'entreprise (commencée déjà, et sous l'impulsion assistante providentielle, par les Élus à l'égard des Éminents), pour être faite généralement et avec assurance, requiert la recherche préliminaire de ce qui doit nous conduire à savoir comment il faudra s'y prendre pour obtenir au plus tôt, à titre de renseignements, les connaissances positives ou de fait que recèle la Nature dans chaque individu ; et celles surtout enfouies dans le cœur de l'homme, empétrées qu'elles sont dans des gangues animico-spirituelles difficiles à séparer, pour mettre à nu le fond de leur caractère propre. C'est la science qui nous indiquera le mode à suivre dans ce travail, et c'est la confirmation de la science, sanctionnée par l'expérience, qui, en éclairant de sa certitude les faits intellectuels moraux et physiques que nous aurons intérêt à connaître d'une manière indubitable, nous fournira les moyens de constater ces faits irrévocablement. — Enfin, pour diriger les habitants de notre Globe vers cette double fin commune où s'effectuera l'alliance de l'esprit droit et des désirs devenus salutaires, et pour nous maintenir dans cet état qu'invoque incessamment le cri de la conscience de ceux qui sont véritablement dignes de porter le titre d'homme, il nous faudra une organisation temporellement universelle : ceci est entièrement à faire, ou plutôt à mettre au jour.

Au point culminant de cette organisation universelle ré-
sidera la lumière spirituelle qui éclaire le monde, et qui
communique aux bons en général, et plus spécialement aux
Élus, la volonté et la puissance de faire régner la Vérité, en
vertu de laquelle, et par ses diramations qui iront atteindre
jusqu'aux derniers des humains, tous seront éclairés, tous,
allégés d'ailleurs du poids des maux physiques, vivront dans
l'aisance à la suite d'un travail modéré ainsi qu'approprié
aux penchants et aux goûts épurés de chaque individu, travail par conséquent, ou plutôt occupation, c'est-à-dire emploi de notre activité avantageux au corps et satisfaisant
pour les sens et pour l'esprit : et une justice irréprochable
de tous points sera établie sur cette Terre assujettie en son
Humanité, et depuis l'importation de l'homme ici-bas, à
tous les maux physiques, intellectuels et moraux ; sur cette
Terre affligée dans ses membres humains par les rudes souffrances du corps, accablée sous l'ignorance, désolée par
trop d'injustices, et où les âmes amoureuses du Bien, les
cœurs généreux et les esprits droits et élevés ne trouvaient
de consolation que dans le pressentiment de l'avenir du
royaume divin qui enfin s'approche.

Quant à la Religion, dont la fonction est de nous rendre
probes dès ici-bas, et qui nous guide vers cette fin morale par ses préceptes salutaires ressortant comme des
rayons divins de son sein dogmatique mystérieusement
voilé et symboliquement proposé à la raison humaine, elle
nous établira rationnellement dans le monde divin en faisant germer dans nos cœurs l'amour du Bien, lequel, en
nous pénétrant et en s'épanouissant, inondera nos âmes de
joies ineffables, et Elle nous maintiendra dans ce sublime
état de béatitude, fondement essentiel de la félicité réservée
à nos mérites, en nourrissant en chacun de nous :

L'AMOUR DU

VRAI. . . . { dans lequel, mariant la virginité du cœur à l'esprit universel liés par la force d'âme, l'homme puisera des joies divines;

BEAU. . . . { dont l'objet, le beau idéal, sensiblement réalisé (par approximation la plus proche possible) dans la corporification de l'esprit ainsi que dans la spiritualisation du corps, effectuations harmoniquement liées par l'expression animico-morale et physique de la Vie s'exhalant de tout ce qui nous environnera, abreuvera nos âmes de joies sentimentales d'une variété indéfinie de la plus suave exaltation;

BON. . . . {

physique . { ou de la vie matérielle des sens, lesquels trouveront la satisfaction de leurs appétits légitimes dans l'inocuité et l'activité d'un océan d'êtres divers qui leur fourniront, étant à leur disposition, tout ce qui sera désirable;

moral . . . { ou du prochain, qui remplira tous les instants employés à nos relations fraternelles, amicales et subordinatives d'indéfinissables délices dans leurs infinis renouvellements, et dont en particulier l'attrait conjugal le plus ardent en sa chaste pureté et l'attachement maternel éprouvés ici-bas dans leurs plus doux moments ne peuvent nous fournir, par anticipation, que des idées sentimentales imparfaites de l'exquise vivacité des sensations dont nous serons pénétrés.

Quant à la science, elle a déjà fait de beaux progrès; mais (*)......

Arrêté à Paris, $\left\{ \begin{array}{l} \text{du mercredi, 7} \\ \text{au jeudi,} \quad 8 \end{array} \right\}$ mai 1845. $= 5 \left| \begin{array}{l} \{ \ 0 \ (12) \ 6 \ \} \\ \{ \ 1 \ (\ 0 \ ) \ 0 \ \} \end{array} \right|$ jours de transition du quartier primaire au secondaire.

(*) Ce qui suit se liant plus spécialement à cette portion déjà imprimée dont il a été fait mention plus d'une fois précédemment, et qui sera incessamment distribuée, je réserve pour la prochaine Émission la suite de la présente finale : suite qui vaudra, en outre, comme introduction à la partie scientifique de l'Épître.

P. J. ARSON.

—●—

AVIS.

On trouve cette 5ᵐᵉ *Émission*, jointe aux quatre précédentes, chez le Concierge de la maison, 6, rue de l'École-de-Médecine, au prix ensemble des ⅘ de 2 francs, soit :

FRANC 1,60 CENTIMES.

Paris. — Imprimerie et Fonderie de Rionoux, rue Monsieur-le-Prince, 29 bis.

ÉPITRE AUX HUMAINS.

SIXIÈME ÉMISSION.

PROMULGUÉES SOUS LE SCEAU

Le fondateur du second des 4 □ |

LA NUMÉRATION

PRÉCÉDÉE DE LA

SUITE DU FAIT FINAL.

« Quant à la science, elle a déjà fait de beaux progrès ; mais elle est au milieu du monde, ignorant d'où elle dérive, comme jetée au hasard par parties capitales sans liaison précise entre elles, et en outre la plupart incomplètes et donc viciées par des solutions de continuité entre leurs propres rameaux : ce qui rend la science confuse en général et même en particulier, et, à cette cause, d'un abord équivoque et d'un embrassement incertain, en tant que considérée surtout dans sa pureté, état dans lequel d'ailleurs elle ne se laisse pénétrer que par ce peu d'hommes sublimement prédisposés à cette fin, selon que le fait nous le montre : d'où il résulte des inconvénients tels, accrus encore par la difficulté naturelle de son acquisition pour toute personne et, par le défaut de sa compréhension, pour le plus grand nombre, que la diffusion universelle de sa lumière est impossible, tant qu'elle reste dans sa profondeur ou qu'elle est portée à une trop haute élévation. Et cependant, ainsi que nous l'avons déjà dit, il faudrait, pour l'accomplissement ici-bas du but final, que chacun y prît part. C'est donc de sa transformation en science populaire graduellement accessible à tous qu'il serait souverainement bien de s'occuper, afin que chacun pût y puiser comme à une source com-

mune, et en retirer, c'est-à-dire en apprendre, suivant sa
mesure, autant qu'en exigera le Bien général, et qu'en ré-
clamera son bonheur particulier.

Or, la science étant pour les individus spéculative et pratique, et les intelligences humaines étant de droit logique
divisées en trois classes, et distribuées en fait de telle sorte
que la basse classe spirituelle est la plus nombreuse, tandis
que la haute est partout clair-semée, la classe moyenne,
guide naturel de la dernière, sera toujours chargée dans
sa fonction entremettante de la transmission de la théorie
réduite en pratique, et par conséquent c'est pour ces deux
classes subalternes que les théoriciens devront élaborer
simultanément nos conquêtes intellectuelles faites dans les
champs de la science pure, applicable et expérimentale, ce
qui requiert la construction d'un mode élémentaire d'instruction, dit primaire, et d'un secondaire ou intermédiaire,
participant de la science théorique et de la pratique.

Cependant le but le plus général ou le plus commun, et
par conséquent le plus avantageux à toucher à ce sujet, serait
évidemment celui de faciliter, autant que possible, la transmission et l'acquisition de la science : facilitation qui, indispensable aux plus faibles intelligences, serait profitable
à toutes les autres, aux génies même intellectuellement pri-
vilégiés, lesquels derniers, quoique dotés d'un esprit supérieur, étant obligés, revenant à la vie en ce monde, de réap-
prendre ce qu'ils ont déjà appris aux autres, ce qu'ils ont
découvert et légué à la Société dans leurs divers passages,
comme à un fidèle dépositaire, ne pourront qu'être bien
aises de parcourir leur nouveau cycle de vie en marchant
sur cette même voie qu'ils auront contribué à aplanir
pour tous ; et il leur sera certainement agréable de se sentir promenant sur un terrain intelligible identiquement re-

flété par leur imagination qui, animée de confuses réminiscences, leur infuse, quand ils ne sont pas conscients de leur
résurrection, la vague pensée que c'est sur leur domaine qu'ils
promènent leurs idées.

Il y aurait donc à dresser le mode le plus facile d'apprendre les sciences utiles, et d'abord les plus usuelles, et cela
de telle manière que chacune pût devenir aisément commune, et servir en outre de fondement élémentaire à son
développement graduellement ultérieur, c'est-à-dire de
façon, prenant pour exemple une langue commune qui uni-
rait tous les peuples, que cette langue, qui, dans ses com-
mencements, serait celle des enfants et des bas peuples, ser-
vît de base à diverses langues de plus en plus élevées pour
satisfaire à toutes les exigences sociales.

Eh bien! nous nous sommes déjà occupé du dressement de
quelques-unes de ces sciences utiles et du mode facilitant
leur transmission. Et pour ouvrir une marche efficace sur
la voie spirituelle, qui parallèlement à la voie morale, doit
nous mener vers le salut commun; voie dont le tracé réel, en
honorant l'esprit libéral des âmes généreuses qui le décriront,
nous rapprochera immanquablement du terme si désirable
où s'effectuera cette union fraternelle qui doit réunir tous les
hommes sous les mêmes formes d'une même pensée divine,
nous solidarisant religieusement; pour ouvrir, disons-nous
cette marche, ou plutôt pour lui donner un nouvel essor
plus efficace que les efforts qu'on a déjà tentés dans cette
louable intention, nous allons exposer quelques parties de
nos élucubrations sur la science populaire, et d'abord sur la
Mesuration, c'est-à-dire sur une mesure qui pourrait le plus
facilement devenir commune par toute la Terre.

Je commence par ce sujet, parce que déjà, dès 1827, j'ai
été poussé par inspiration véritable, quoique tout à fait in-

consciente (car à cette époque j'étais loin de vouloir me produire entouré d'une science que je savais être bien arrié·rée en moi), à publier un opuscule sur les *Poids et Mesures* mariés au système métrico-décimal, ce qui pour moi est comme un indice que c'est par là que j'ai à commencer.

Or, une mesure commune, quel qu'en soit l'étalon, lequel d'ailleurs est déjà pour ainsi dire arrêté par l'usage ou du moins limité dans les variétés de sa longueur par deux termes que l'expérience nous avertit de ne pas rappro·cher non plus que d'écarter; une mesure commune, disons·nous, pour être populaire et le plus facilement *serviable*, doit d'abord être soumise à la division binaire, ce qui re·quiert la connaissance et l'usage du calcul *duodique* fondé sur le plus simple de tous les systèmes de numération, ainsi que le savent de reste les mathématiciens, à tel point qu'ils l'ont toujours dédaigné comme étant trop simple et rejeté comme ne pouvant pas satisfaire, du moins d'une manière passablement convenable, au besoin de représenter tous les nombres.

Mais si ce système est impropre à remplir convenablement une fonction aussi générale que celle que nous venons d'in·diquer, il pourrait être très-avantageux, le plus avantageux même pour la satisfaction de certains besoins, et particuliè·rement si l'on avait à le faire mouvoir dans d'étroites limites. C'est ce qui serait le cas pour les computs à l'usage des gens de faible esprit, lesquels, à cet égard, ne poussent guère leur intelligence, du moins d'une manière bien compréhen·sible pour eux, au delà du nombre *seize*, auquel ils par·viennent par la voie croissante de un à un, c'est-à-dire de l'unité simple ou composée ajoutée successivement à elle-même, et d'où ils s'éloignent par la voie décroissante de demi en demi; remarque qui ne peut échapper à personne, car nous sommes tous facilement et volontiers portés à doubler et redoubler l'unité aussi bien qu'à la dédoubler, c'est-à-dire, à ce dernier égard, à la diviser en deux parties égales, chacune de celles-ci en deux autres ou en quarts, ensuite en huitième, et tout au plus après en seizième.

Il y aurait donc d'abord à dresser une arithmétique duodique. C'est ce que je vais faire, d'ailleurs en peu de mots, avant de présenter mes idées sur la *Mesuration ;* dernier sujet que j'aurais traité de préférence le premier si des motifs de quelque valeur ne m'en eussent dissuadé ; car il eût été assez bon sans doute de ne pas distraire soudainement le lecteur des sensations cordiales dont son âme a pu être émue à l'aspect du bonheur promis ci-avant à l'Humanité ; car, dis-je, il eût été certainement bon, partant de cette représentation quasi-magique de la félicité qui nous est réservée, de ne pas introduire si brusquement l'auditeur humain, commençant à se réveiller, au son de ma parole, dans un champ sèchement spirituel tel que celui où il ne peut être question que de nombres et de chiffres, tandis que, en le faisant transiter au travers de la discussion d'une *mesure* universalisante la plus convenable, sujet plus intéressant ou moins rebutant pour le plus grand nombre des littérateurs que celui de la *Numération,* il est à présumer que nous nous serions ouvert un petit sentier qui nous aurait conduit avec moins de dégoût sur cette plage numérique d'une aridité cordiale complète et en outre ardue (*). Mais la numération duodique est si indispensable à mes considérations métriques, en tant

---

(*) En vue de quoi je tâcherai, renonçant à la forme algébrique si précise et si précieuse en et pour la théorie, de me rendre saisissable (autant que faire je pourrai dans ma course hâtive et légère sur ce terrain) à quelques - uns de ceux qui ne sont pas tout à fait initiés au langage algébrique.

que celles-ci devront devenir populaires, et auxquelles il sera
bon d'appliquer, pour en faire mieux ressortir les avantages
en même temps que je les mettrai au jour, le duodisme
numérique, que je dois me soumettre à faire précéder ce
que j'ai à dire sur la *Mesuration* par l'exposition dudit *duodisme*. »

Ici finissait la première partie de l'*Épître aux Humains,*
composée à Nice, à la suite de laquelle partie venaient mes
vues sur le système de *Numération duodique* précédant mes
aperçus sur la Mesuration : aperçus dont, je le répète, il m'eût
été plus agréable, sous le rapport en outre de ma bienvenue
auprès de mes lecteurs non géomètres, mais consciencieux,
de les entretenir avant de nous arrêter devant des considérations purement numériques en général, et crûment arith-
métiques en particulier : ce qui eût été en effet plus coulant
à leur égard dès l'abord des questions scientifiques dont, à
raison de leur universalité commune, nous nous occuperons,
puisque assurément c'eût été avec plus d'attrait ou moins
d'éloignement pour eux que nous nous serions entretenus,
au lieu de chiffres, d'une mesure commune la plus avantageuse considérée dans son mariage actuel avec le système
de numération qui nous régit ; laissant seulement entrevoir
la convenance de l'alliance de cette *mesure* avec d'autres
systèmes numériques avec lesquels on aurait fait alors plus
volontiers connaissance au prix de quelques études. — Mais
il deviendrait superflu de parler plus au long de ce regret,
puisque mes vues sur la Numération duodique, contenues
dans une brochure déjà imprimée depuis un an, accompa-
gneront l'actuelle Émission : Brochure au sujet de laquelle
je ferai observer d'avance que quelques-unes des *réflexions
philosophiques* dont est parsemée la mince exposition du
Duodisme numérique qu'elle contient ne seront qu'une

sorte de répétition de ce qui sera dit beaucoup mieux à sa place dans la première partie de l'*Épître aux Humains*, à laquelle partie je donnerai un peu plus d'extension que n'en avait son premier jet, composé à la hâte avant de partir dernièrement de Nice : extension qui, si elle eût été déjà produite avant l'impression de la Numération duodique, n'aurait pas permis qu'il me vînt à la pensée de reproduire ces mêmes réflexions philosophiques intercalées çà et là, et non toujours bien à propos, dans le texte de la basse arithmétique que je tire de son néant d'action pour la poser comme base ostensible de nos computs futurs.

(Arrêté samedi, 24 mai 1845. = 5 | 1 (2) 2 | jour anniversaire *antigonien* en tant | que rapporté non à sa date grégorienne, mais à son jour hebdomadaire invariable. |

REMARQUE.

Depuis la publication de ma Ire *Émission*, j'ai successivement restreint la distribution des subséquentes, ayant reconnu qu'il était inutile au moins, non-seulement de tenter de nouveaux placements pour elles, mais de continuer même à servir les personnes à qui j'avais commencé à en envoyer ; à tel point que mes deux dernières Émissions n'ont été envoyées qu'à mes fils et au *penseur* (tout récemment deux fois de suite célèbre) *F. de Lamennais*. Il n'en sera pas de même de la présente Émission, ou plutôt de la brochure où sont contenues mes vues sur la petite arithmétique que je propose d'introduire dans le monde pour l'usage commun. Cette pièce, particulièrement je dois la porter à la connaissance des spécialités capables et décidément en état de l'apprécier ; car le sujet qu'elle traite n'étant pas de ceux qui admettent et supportent plus ou moins de compréhensibilité, comme ceux qui, se liant à des idées étran-

gères communes ou du moins assez générales, se prêtent en
quelque sorte un mutuel secours, le jugement des gens ver-
sés professionnellement dans la matière dont il y est question
peut seul, en donnant une sanction au degré de mérite de
cet opuscule, faire loi. — Mais parmi toutes ces capacités
spéciales, à quelles personnes en particulier m'adresserai-je?
Je n'en sais rien encore; cela dépendra des circonstances
indicatrices qui naîtront sous mes pas : ce qui s'accommode
assez bien avec ma résolution de me laisser diriger et même
guider par la Providence pour tout ce qui concerne mon
œuvre de salut; au sujet de quoi, et lorsque je dois agir
externement sans parti pris d'avance, je m'abandonne paisi-
blement aux inspirations déterminantes les plus simples sans
trop les alambiquer. C'est ainsi que si ma Ire *Émission* a été envoyée à trente-sept journaux, c'est parce que je rencontrai
leurs adresses sur un chiffon imprimé qui me fut glissé entre
les mains l'avant-veille de ma première publication, pendant
que je passais pour mes affaires particulières par certaines
rues de la Capitale.

Émis à Paris, dimanche 22 juin 1845. $= 5 \left\{ 1 \left(6 \right) 3 \right\}$ jour central du quartier *secondaire*.

P. J. ARSON.

———◦———

AVIS.

On trouve cette 6me *Émission* $\left\{ \begin{array}{c} \text{accompagnée du DUODISME NUMÉRIQUE} \\ \text{et jointe aux cinq précédentes} \end{array} \right\}$

chez le Concierge de la maison, 6, rue de l'École-de-Médecine,

au prix ensemble des $4/5$ de 4 francs, soit :

FRANCS 3,20 CENTIMES.

NOTA. — Le *Duodisme numérique* se vend séparément un franc.

Paris. — Imprimerie et Fonderie de RIGNOUX, rue Monsieur-le-Prince, 29 bis.

ÉPITRE AUX HUMAINS.

SEPTIÈME ÉMISSION

PROMULGUÉE SOUS LE SCEAU

| Le 2me du 2me des 4 ☐ |

DERNIER PROBLÈME DE LA PHILOSOPHIE.

PRÉAMBULE.

Ayant joint à ma dernière Émission la brochure traitant de la Numération, dans laquelle je m'étais comme engagé à proposer, à la suite de quelques nouveaux chiffres qui y sont présentés, une prononciation vocale à eux équivalente, il eût été naturel, et telle était aussi mon intention, de donner immédiatement cette suite, et donc, de la donner par cette Émission-ci. Mais en me livrant au travail de composition des éléments de cette prononciation vocale, qui en tout cas ne devait être qu'une ébauche, j'ai, voulant l'asseoir solidement, été attiré de conséquences en principes vers l'origine de la formation des langues, d'où il m'a paru qu'il serait convenable de partir ouvertement pour arriver, par une marche synthétique suivie à découvert, à l'érection du sujet en question. — Cependant le parcours qu'il y a entre ces deux points ne devant pas, dans ma position, être rempli par une dissertation en habit de gala, à l'usage ordinaire du commun des littérateurs, mais bien par une déduction philosophique dont les membres soient liés de preuve en preuve, et fondée sur un principe portant en lui-même sa

justification, je posai d'abord l'*Arrêt de fait* que voici :
«Les hommes se lient spirituellement et ostensiblement
«entre eux en se communiquant leurs pensées au moyen
«de l'actualité d'une expression physique à laquelle est atta-
«chée un peu naturellement et beaucoup plus convention-
«nellement une valeur intelligible, ou ce qu'on appelle un
«sens, dont l'expression est le signe : expression qui, devant
«avoir lieu dans l'espace et dans le temps et sous la condition
«d'une corporification significative, peut ou être consignée
«matériellement à poste fixe, et alors elle est l'objet de la
«vue, ou être projetée dans l'espace sous une corporification
«temporelle, et alors elle est l'objet des autres organes exté-
«rieurs de l'homme, et plus particulièrement de celui de
«l'ouïe comme offrant, avec celui de la vue, le plus d'avan-
«tage aux communications.» — Or, voulant aussi, en considération de la fonction si importante que remplit la *Parole*
dans la constitution de la vie humaine, donner visiblement à
cet Arrêt lui-même une base incontestable, j'ai reconnu que
je ne pourrais le faire qu'à l'aide de l'exposition des vérités
premières, ce qui m'a porté à prendre la résolution de présenter tout d'abord les principales de mes vues philosophiques au lieu d'en faire une application tacite à des sujets
particuliers.

Or, ici, il est sans doute inutile (il semblerait du moins)
de prévenir que d'après le genre de vie que j'ai mené, privé
de toute instruction régulière jusqu'à l'âge de trente-trois
ans, et ne ramassant pendant les vingt années suivantes, et
sans méthode, que quelques connaissances éparses çà et là,
inévitablement mal digérées, ne fût-ce qu'à cause de leur
incohérence, et ayant dû employer le temps qui s'est écoulé
depuis 1830 à recevoir purement et à faire mûrir les germes
de toutes les profondes et hautes vérités dont Dieu a comblé

mon esprit, je ne pourrai pas tout à coup les coordonner
d'une manière parfaite; de façon que mon exposition philosophique ne pourra être qu'incomplète et manquer surtout
de cette ordonnance monumentale qui, liant sans lacune
et sans interruption toutes les parties de la Philosophie, la
rendrait immutable dans sa sublimité finale comme la
Divinité dont elle serait l'exacte représentation. — Mais
qu'importe après tout!... Il y en aura assez de dit sur la
Philosophie malgré les vides et les inexactitudes partielles
dont je la laisserai embarrassée, si la Providence permet
qu'on développe, qu'on élucide et que l'on corrige cette
production embryonique; et il y en aurait trop de dit
si la Providence estimait que mes Émissions en cette matière ne fussent pas actuellement convenables; cas dans
lequel on saurait bien les tenir sous le boisseau, ou même
m'arrêter. — Au surplus, ici, j'ai la main forcée : car ayant
reçu l'ordre d'exhiber mon mandat salutaire et de l'exposer, entre autres, entouré de la clarté des vérités philosophiques à la portée de la raison humaine selon sa force
actuelle, je dois produire mon mandat tel que je le tiens et
non chercher d'avance à l'orner d'une perfection de forme
qui, même dans le moindre des degrés de perfection que
comporte un si sublime ouvrage, exigerait très-probable-
ment plus de temps qu'il ne m'en reste à parcourir durant
mon passage actuel; lequel doit être employé à poser des
bases sans fin, laissant à l'avenir le soin d'élever sur elles
l'édifice intellectuel, moral et physique qui doit nous maintenir dans le monde parfait que nous avons à édifier; de sorte
que ce n'est pas par précipitation ni offusqué par aucune
préoccupation étrangère au sujet en question, mais en
pleine liberté de jugement, que je me décide à donner
un travail philosophique imparfait et même défectueux

à plus d'un égard ; et cela avec d'autant moins de regret que cette défectuosité, qu'impliquera ma composition, ne laissera pas, je le vois bien, d'être profitable sous plus d'un rapport.

Et à ce propos, revenant sur les préoccupations enfantines qui m'ont offusqué dès ma montée en chaire ainsi que sur la précipitation *juvénile* que j'ai apportée dans le dressement de mes premiers Écrits, et dont je me suis fait le reproche dans mes 4ᵉ et 5ᵉ Émissions, je crois devoir communiqer à mes lecteurs deux remarques que j'ai faites inopinément et tout récemment, l'une sur l'insignifiance d'un passage de ma 2ᵉ Émission, et l'autre sur la défectuosité apparente que présente l'article de ma 4ᵉ Émission intitulé *Opposition*. — En effet, et d'abord, ce que contient le second alinéa de ma 2ᵉ Émission, commençant par ces mots : « Au « surplus, ce n'est pas l'actualité exponentielle de la personne « émettant ses pensées qui peut être inconvenante..., » ce que contient, dis-je, ce passage étant déjà admis sans conteste, comme vrai, par tous les penseurs, et ce passage en outre ne comprenant dans ses détails non-seulement aucune idée pouvant passer pour nouvelle par son fond, mais pas même offerte sous un aspect bien nouveau, ne peut se présenter en partie que comme un remplissage et finalement que comme une superfétation parasite, se liant du reste à ses conséquences sans racheter sa banalité par un tant soit petit beau mouvement. On dirait que cette tirade, qui porte le caractère d'une intention verbeuse, est là pour montrer l'enfance émissive de l'homme. — Quant à la seconde objection à faire à l'article intitulé *Opposition*, il est clair que si cet article n'avait pour but, en effleurant (d'ailleurs à la hâte et sans préparatifs) tant de choses du plus profond intérêt, d'ouvrir un champ des plus vastes aux plus hautes considér

tions humaines, il devrait s'attirer plus d'une critique mé-
ritée; car pour ne parler que des deux bases, la théologie de
droit et celle de fait, sur lesquelles cet article est dressé, ces
deux bases ne pouvant que mal se lier là où et telles qu'elles
sont exposées, à cause entre autres du manque chez l'auteur
de la véritable interprétation en partie d'institution conven-
tionnelle donnée à la théologie de fait, ce qui, certes, ne
saurait se déduire exactement de la théorie pure, il est iné-
vitable que l'article en question ne paraisse vicieux aux par-
tisans exclusifs de la théologie de fait et aussi à ceux qui ont
la clef de son interprétation convenue.

Mais sans nous arrêter plus longtemps sur cette digression,
que j'ai cru bien d'ajouter à la suite de mon préambule
philosophique, passons à l'objet essentiel de l'actuelle Émission, dans laquelle, du reste, je me limiterai à exposer le
problème final que doit se proposer la Philosophie comme
fournissant les matériaux propres à l'édifice intelligible que
nous avons à construire.

PROBLÈME.

Après avoir été ballotté dans le tourbillon de la vie humaine et l'avoir vue se bouleversant incessamment dans les
unités collectives qui la constituent, se détruisant inévitablement dans les individus qui la portent, et corrompant dans
sa course, par des souffrances physiques et morales de toute
sorte, le bien-être individuel, un homme attaché à la Vérité,
un ami du Bien, voyant en outre la vie humaine comme
abandonnée à elle-même, doit finir par se demander s'il ne
serait pas possible d'annuler ou du moins d'étouffer le Mal sur
la Terre : ce qui, dans la pensée d'un Être intelligent moralement pétri, ne saurait s'effectuer que par des Esprits réguliè-

rement organisés, animés en faveur de toutes les créatures, pénétrés d'amour pour leurs semblables et exerçant leur vertu sous l'influence de la Vérité. Or, un de ces hommes, qui a déjà en partage le germe au moins de la vertu spirituelle et morale requise pour une telle fin, comme le montre sa proposition dictée par une âme bienfaisante et à sentiments élevés; un tel homme, s'il n'a pas la Vérité à sa disposition, devra faire tout ce qui est en son pouvoir pour l'acquérir; et en conséquence il se livrera aussitôt à sa recherche, qu'il poursuivra sans relâche, jusqu'à la preuve décisive de l'impossibilité pour lui de la découvrir. — Cependant, pour se placer sur la voie qui peut le conduire à cette découverte, si tant est qu'elle soit possible, ce n'est pas celle de l'École qu'il empruntera pour la suivre exclusivement, ou du moins ce n'est pas aveuglément, quoique sans les dédaigner, qu'il suivra ses errements d'après lesquels le principal but de la Philosophie n'a pu être atteint, et qui se présente même comme désespéré malgré les belles vérités particulières, disjointes malheureusement, que les philosophes ont, les uns, mises en lumière, et les autres, entretenues vivantes par la chaleur de la discussion et par l'enseignement; mais il invoquera le Dieu de vérité que ses profonds sentiments réminiscents lui assurent être l'unique source où se dissipe le doute à la clarté du vrai; et, guidé par la Foi, qui est la loi surnaturelle que chaque homme porte *écrite* en lui comme une conquête faite dans l'éternité, et en vertu de laquelle il marche comme homme dans les sentiers de la vie entr'ouverte à sa liberté, à la lueur expressément reflétée de la Vérité sans la connaître intrinsèquement; guidé, dis-je,

par la *Foi* { spéculative, dans les dogmes de salut }
{ pratique, dans les préceptes de morale éternelle }

dogmes universels et préceptes anti-égoïstiques graduellement implantés et perfectiblement développés en son âme, à la suite d'innombrables travaux expérimentaux indéfiniment répétés dans la profonde nuit des temps!!!... il se livrera, plein de confiance dans les secours divins éventuels, aux investigations de la Vérité, muni du bon-sens ainsi que de la raison, et sans omettre cependant de consulter constamment les travaux de ses prédécesseurs.

Dans cette disposition, il jette un regard attentif sur le monde qui l'entoure, et il le voit composé d'une quantité innombrable d'individus divers, dont ceux qui peuvent manifester sensiblement leur intention n'agissent tous que pour se donner la vie, et n'ont en général d'autre but que de la conserver quand ils la tiennent : ce qui ne l'étonne pas, car il ne saurait ignorer, ni même douter en sa qualité d'homme, que, hors de la Vie il n'y a que le néant dont l'idée attriste profondément tout Être qui peut se le représenter. Mais il voit aussi que la vie effective, c'est-à-dire considérée dans les individus, et non pas seulement dans l'Intelligence, a un commencement, un parcours et un terme, et qu'elle dépend de certaines relations combinatoires dont la complication se résume en chaque individu, sous l'unité d'une organisation qui leur fournit les moyens de donner naissance à la Vie par la génération, et de la conserver par la réparation; tandis que finalement, et quoi qu'ils fassent, elle leur échappe, soit par accident, soit par inanition propre et graduelle, sous forme de la mort : d'où il appert indubitablement, tout effet devant avoir sa cause, qu'il y a pour tout Être *viable* deux états : l'un, négatif ou sans relation propre, c'est l'état de non-vie; l'autre, positif, ou en relation ipséitique, c'est l'état de vie, au travers duquel il voit transpirer une vertu qui l'induit à conclure, toute chose d'ailleurs devant être rangée sous la loi ordi-

native de principe, moyen et fin, que le principe essentiel
de la Vie ne peut être

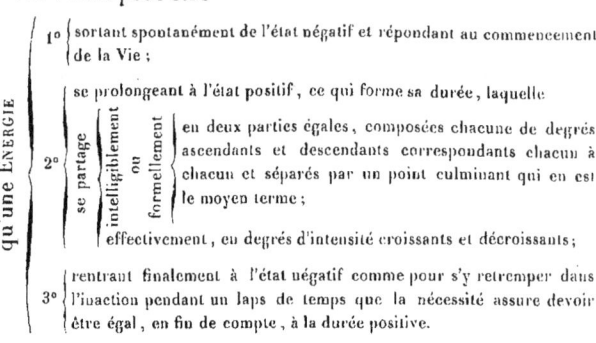

1° sortant spontanément de l'état négatif et répondant au commencement de la Vie ;

se prolongeant à l'état positif, ce qui forme sa durée, laquelle

2° se partage intelligiblement ou formellement

en deux parties égales, composées chacune de degrés ascendants et descendants correspondants chacun à chacun et séparés par un point culminant qui en est le moyen terme ;

effectivement, en degrés d'intensité croissants et décroissants ;

3° rentrant finalement à l'état négatif comme pour s'y retremper dans l'inaction pendant un laps de temps que la nécessité assure devoir être égal, en fin de compte, à la durée positive.

qu'une ÉNERGIE

Cependant, et à un point de vue général, l'expérience nous
montre d'une manière manifeste et nous enseigne par une de
ces conclusions pénétrée dans son apparente irréfragabilité
d'une animation comparable et équivalente, on pourrait
dire à l'irrésistible nécessité, que l'effet universel de la Vie,
considérée dans son occulte intimité essentielle, consiste
dans les *sensations* (d'ailleurs, indéfiniment variées dans leurs
degrés d'insensibilité) qu'éprouvent tous les Êtres; c'est-à-
dire que tout Être en vie *sent* la Vie, et que même il *sent,*
plus ou moins vivement et en proportion du degré de perfection de son organisation, qu'il est en vie. — Or, les sensations que fait éprouver la Vie à un Être, ou l'état dans
lequel elle le rend effectif lui *plaît infiniment;* et comme hors
de la Vie il n'y a rien pour lui, la raison nous communique la certitude qu'il n'y a de BON que la Vie, et que la première comme la dernière idée de *bonté* réelle ne peut être
rapportée qu'à Elle; car, ajoute la raison, la Vie ne saurait
être

ni **ni mauvaise,** { indifférente, puisque alors elle ne serait pas la Vie, mais la non-vie;

puisque, outre que ce terme formellement considéré postule son contraire de qui il dépend comme sa créature (c'est-à-dire que sans l'idée du *bon*, son opposée ne saurait avoir lieu), il y a puis à remarquer que tout être reculerait devant le premier pas qu'il ferait dans la vie s'il la trouvait mauvaise.

De sorte que en ce qui concerne la VIE,

tout ce qui {
contribue { à la faire naître et à l'entretenir } est réputé *bon*;
la contrarie ou la détruit (*)   »   »   *mauvais*;
ne peut lui faire ni bien ni mal   »   »   *indifférent*.
}

Néanmoins, le cours de la Vie ne peut pas être continuellement bon. En effet, si les efforts que fait l'Être pour accroître les degrés de sa vie et pour la retenir et la conserver sont bons pour lui quand ils sont suivis de succès, ce qui le met dans un état que l'Être seul peut sentir dans son intimité, et qu'on appelle état de *jouissance*, les mêmes efforts, puis s'ils sont de nul effet, c'est-à-dire s'ils ne peuvent empêcher la destruction accidentelle de la Vie ou son écoulement naturel laissent l'Être dans un état contraire à l'autre, et qu'on nomme état de *souffrance*. De sorte que, dans l'intelligence, { vivre ou jouir, *dévivre* « souffrir, } sont des termes convertibles.

Toutefois, quoique la Vie se compose de deux séries d'instants comprenant, l'une, des degrés croissants en intensité, l'autre, des degrés décroissants ou *déviables*, ce n'est pas à dire que tous ces seconds instants seront souffrants; car, même dans cette seconde période, tous les efforts suivis de succès, quoique allant en se détériorant, procureront des jouissances proportionnées à leurs résultats, puisqu'ils entretiendront

---

(*) Les guillemets remplaceront les mots sous lesquels ils seront tracés.

la Vie à l'état positif, bien que marchant vers son déclin. De façon que dans son parcours elle offre beaucoup, et beaucoup plus d'instants de jouissance que de souffrance. — Mais, comme cette différence, quelque prononcée qu'elle soit du côté du *bon*, est nulle pour l'individu au moment qu'il souffre, et ne peut fournir à l'homme qu'une compensation idéale qui, étant de nature complétement opposée à la nature physique, ne peut que contre-balancer efficacement les souffrances morales, et même et seulement sous des prévisions suffisamment étendues, ce qu'il y aurait de plus intéressant à ce sujet serait de pouvoir annuler toutes les souffrances, ou du moins les réduire à leur minimum possible dans chaque Être. Et, comme d'ailleurs la Vie est bonne et son état négatif indifférent, et qu'en outre, elle a pour chaque Être une durée finie, le second but le plus intéressant serait non-seulement de la prolonger autant que possible en chaque Être; mais finalement et dans sa plus haute idéalisation de la perpétuer à l'infini. — Mais comment s'y prendre pour réaliser ces deux buts, si d'ailleurs ils sont possibles; c'est-à-dire pour réaliser la Vie sur un pied de perpétuité infinie, et où chaque Être y trouvât le plus grand bonheur dont il serait susceptible?

Or, nous avons déjà reconnu pressentimentalement et quasi rationnellement en ce que la raison, quoique sans certitude absolue jusqu'ici, n'est pas contraire à ce qu'annonce ce pressentiment qu'elle tendrait plutôt à confirmer; nous avons déjà reconnu, dis-je, que tout Être à l'état positif *sent* la Vie. L'homme, en outre, a le privilége de *savoir* qu'il la *sent*. Mais savoir qu'on la sent n'est pas savoir ce qu'elle est, c'est-à-dire de quoi et comment elle se compose, chose que l'Humanité en général ignore; et pourtant c'est bien là qu'il faudrait en premier lieu arriver pour voir ensuite si

l'on ne pourrait pas empêcher qu'elle nous échappe. Dans
cet état d'ignorance perplexe où l'homme précité n'avait
pas la moindre notion précise touchant la composition de
la Vie, comment s'y prit-il pour sortir de ces ténèbres?.....
Il interrogea le Dieu de Vérité par l'intermédiaire de sa raison, qui, plongeant dans le sein de ce Dieu, y puisa et en rap-
porta à sa conscience quelques vagues traits intelligibles qui
furent le flambeau qui l'éclaira continuellement dans ses
recherches et avec lequel il se mit en marche à la conquête
nouvelle de l'immortalité personnelle. Or, ce qu'il tira du
foyer de la Vérité il le posa devant lui, en l'idéalisant et le
corporifiant à poste fixe, pour s'y refléter à volonté et y lire
ce qui suit:

« Quelque chose a lieu, ne fut-ce que ma pensée. Mais ma
« pensée actuelle était pour moi il y a un instant à l'état
« négatif, d'où je conclus qu'elle est un *fait* qui postule es-
« sentiellement une *vertu* qui lui a donné naissance. Cepen-
« dant une vertu qui ne serait la vertu de rien, ou qui serait
« sans détermination, serait, dans la première hypothèse,
« comme nulle, sinon impossible, et dans le second cas,
« sans effet, et donc comme si elle n'était pas vertu. Mais
« le fait primitivement posé, qui est ma pensée en ma pré-
« sence, je le sens dans mon intimité consciente, et je le vois
« comme étant un objet distinct de moi-même en ce que ou
« par ce que je *sais* que ce fait a lieu : d'où je conclus finale-
« ment et par cela seul que le fait en question a lieu, qu'il
« y a dans l'univers une *vertu* qui lui a donné naissance, un
« *soutien* qui sert de base à cette vertu, et quelque chose
« d'autre qui l'a déterminée, c'est-à-dire trois objets distincts
« ayant concouru, par leurs natures diverses et par leur liai-
« son, dans laquelle la *vertu* apparaît dans sa simplicité comme
« sujette à un soutien et à un directeur, à la production de ce

« *fait.* — Cependant l'objectivité résultante de ce fait. . . . .

« . . . .

« . . . . Arrivé à ce
point de mon actuelle Émission je m'arrête !... Pourquoi ?...
Parce qu'un doute, qui d'ailleurs m'a toujours accompagné
sous de variables degrés de flottaisons au sujet de l'osten-
sibilité des proclamations sacrées, s'est élevé plus haut que
jamais dans mon âme au moment où j'allais commencer à
exposer dans tout son jour ce qui jusqu'à présent sur notre
Terre est demeuré voilé dans les tabernacles vivants des
Élus prédestinés à sauver le monde. — Au fait, dois-je, sans
être irrévocablement assuré de bien faire, suivre mes impulsions donatives jusqu'à mettre publiquement à nu la
vérité absolue ?... Mais sans parler de la classe si nombreuse
des intelligences inférieures pour qui la *Vérité en soi* étant
inabordable, il serait indifférent à leur égard qu'elle fût
ou non tenue à découvert ; laissant même de côté la classe
moyenne, ou des *lettrés de droit* pour lesquels sans secours
le problème de la Vérité est insoluble et auxquels il serait
facile et convenable dans l'intérêt commun de ne leur en
proposer la solution que sous des formes progressives pour
que chaque membre de cette classe catégorique pût par-
venir à transiter graduellement par son mérite dans la république des clairs-voyants ; et me limitant à ne considérer
que l'élite secondaire des humains, pourrais-je, quand
même je n'aurais à traiter qu'avec ces hommes de seconde
élite, prendre sur moi de les mettre en possession immédiate de la *Vérité en soi,* lorsque nous entendons la voix intime d'une autorité suprême nous prévenir itérativement
que tout homme de génie doit au moins, comme garantie
de sa sagesse aussi bien que pour sa dignité, se livrer librement à la recherche de la Vérité et concourir fructueuse-
ment à en faire la conquête personnelle.

Les Sages ont dit : *Dans le doute , abstiens-toi.*

  (proposé aux appelés.)

Mais pourquoi, devant m'abstenir, donné-je ici le commencement du *Dernier problème de là Philosophie* tel que je l'avais dressé lorsque je voulais le produire sans réserve, au lieu de présenter sur cette matière sacrée une ordonnance nouvelle reprise *da capo* et ne contenant que ce que je crois devoir exposer sous des formes moins palpables touchant les vérités premières ?.... C'est que ce commencement de ma 7ᵉ Émission, achevée entre mes mains dans son étendue projetée, ayant été livré en partie à l'impression pour composer la première feuille, cette feuille jetée hors de moi dans le monde extérieur, où elle a passé plusieurs jours sans que sa destination fût remplie, ne m'appartient plus exclusivement ; car je ne puis pas faire qu'elle n'ait été lue, ni empêcher que son esprit non plus que sa lettre même ne restent dans le monde à la discrétion d'un détenteur. — Au surplus, si, de ce côté, cette mise au jour extérieur du commencement de ma 7ᵉ Émission projetée est comme une espèce de nécessité qui ne me permet pas de vouloir en arrêter la publication, d'autre part, l'abandon dans lequel j'ai momentanément laissé cette pièce à l'imprimerie m'ayant laissé le temps de réfléchir sur la valeur du doute précité, est pour moi un signe externe qui, joint à d'autres signes sanctionatifs qu'il est inutile de spécifier, sont des éclairs qui portent aux regards de mes sens spirituels le caractère approbatif de la suspension dans laquelle je me décide à tenir le surplus assigné d'abord à cette Émission-ci.

Mais reprendrai-je jamais la publication de la suite de cette Émission telle que je l'avais formulée ? et, si oui, sera-ce durant mon passage actuel, ou à mon retour ?.....

Je ne saurais le dire encore. Toutefois mon intention du moment est de continuer dans mes Émissions ultérieures à exposer mes vues philosophiques sous le manteau d'un prophète parlant rationnellement de la hauteur de son siècle.

Arrêté, mercredi, 1ᵉʳ octobre 1845. $= 5 \left\{ 2\,(7)\,6 \right\}$ Anniversaire commémoratif d'un jour néfaste.

NOTE.

La brochure de la *Numération* qui accompagne ma dernière Émission a été envoyée toute seule

1°, à un mathématicien, savant produit du terroir spirituel de Nice, à motif de mon domicile établi dans cette ville ;

2°, à l'*Académie des sciences de Turin*, comme un hommage dû au pouvoir central du gouvernement sous le régime directement temporel duquel je poursuis ma carrière ;

3°, à l'*Institut de France*, à raison des divers liens qui m'attachent particulièrement au royaume des Français, dans lequel d'ailleurs publiant présentement le commencement de l'œuvre de salut pour la publication duquel j'ai ordre d'exhiber mon mandat à Paris, ma démarche auprès de ce corps savant m'était naturellement commandée ;

4°, à l'*Académie royale des sciences et belles-lettres de Berlin*, comme à une cité quelconque de la docte Allemagne, à la langue de laquelle je me trouve en quelque façon lié par mon mariage avec une fille de cette langue ;

5°, à la *Société royale de Londres*, comme représentant l'Angleterre, sans que je puisse me rendre un compte bien précis des impulsions motivantes qui m'ont porté à effleurer un des abords des îles Britanniques.

Or, à propos de ces envois du *Duodisme numérique*, deman-
dons-nous quel effet a pu produire chez les mathématiciens
mondains et aimant leur science l'exposition et la composition un peu excentrique dans sa forme ; ou plutôt, deman-
dons-nous quel jugement (jugeant librement, c'est-à-dire
indépendamment d'aucune considération étrangère à la
science elle-même), ils ont dû porter sur la valeur de cette
petite production donnée en cadeau de bienvenue à l'Humanité ?..... Sans doute ils auront trouvé du côté de sa composition que cette production, lue surtout sans l'accompa-
gnement de mes Émissions, est mêlée à trop d'idées non-
seulement étrangères au sujet qui y est principalement
traité, mais aussi quelques-unes par trop prétentieuses ; et
parmi celles-ci ils auront probablement mal accueilli celles
qui affectent une tendance à soumettre les mathématiques à
la philosophie dont les simples calculateurs en général n'admettent pas l'autorité en cette matière, si ce n'est à l'égard
de la définition de leur science : définition au sujet de laquelle
ils ne sont pas bien d'accord entr'eux et dont au surplus ils
ne se soucient guère (j'entends aussi en général). Et quant
au fond même du *Duodinisme numérique*, les mathématiciens
qui s'en occuperont consciencieusement penseront immanquablement tous tant qu'ils sont et même ils avoueront au
besoin que ce n'est pas mauvais, voire même que c'est bon,
préférable en tout cas à ce dont nous nous servons dans ce
genre ; au point que si le système *duodique* et son ampliation *seizanique* étaient établis sur la Terre, personne ne serait assez mal avisé que de proposer de l'échanger contre le
système *décadique* dont tous sans exception sont, ou seraient
s'ils y étaient poussés, forcés de reconnaître les inconvénients qu'il présentera éternellement comme application
universelle ; mais ils ajouteront que dans l'état actuel de la

société humaine la Numération décadique ayant pris racine sur presque tous les coins du Globe, cette universalité de fait dit trop haut que le bien ici est préférable au mieux pour qu'on puisse, voulant agir raisonnablement, s'arrêter sérieusement un moment devant ma proposition de remplacement. De façon que posant comme vrai qu'il y a en mathématique de hautes et brillantes inutilités, en tant surtout qu'elles ne sont pas applicables à l'Être tout entier, ils engloberont mon érection duodique dans la classe de ces inutilités en la considérant d'ailleurs comme une des plus basses. — Or, à leur point de vue, ils n'auraient pas tant tort; mais ils changeront d'avis, si ce n'est de leur vivant en cette fois-ci, sera-ce du moins (notre marche progressant) à leur retour, en changeant de point de mire; car tout ce qui a été fait jusqu'à ce jour par les libres penseurs n'étant que des tentatives projetées au milieu du chaos intelligible pour le débrouiller, les récalcitrants stationnaires verront bien que si nous voulons organiser un monde progressant invariablement sur la voie de perfection, il faudra créer toutes les directions spirituelles requises à cette fin en les établissant sur le meilleur pied possible, et ne prenant de ce qui aura été fait antérieurement que ce que nous reconnaîtrons être tout à fait bon.

Émis à Paris, mercredi 24 décembre 1845. = 5 $\left|3\,(6)\,6\right|$ dernier jour de la semaine centrale du quartier quaternaire.

P. J. ARSON.

Bulletin.

On trouve cette 7ᵉ Émission, jointe aux six précédentes, chez le concierge de la maison 6, rue de l'Ecole-de-Médecine, au prix de (1. 2. 3) = six francs.

Paris. — Imprimerie et Fonderie de Rignoux, rue Monsieur-le-Prince, 29 bis.

ÉPITRE AUX HUMAINS.

HUITIÈME ÉMISSION

PROMULGDÉE SOUS LE SCEAU

Le 3me du 2me des 4 □

TRANSLATION.

Les considérations qui m'ont arrêté dans ma course philosophiquement émettante m'ont amené à faire des réflexions, qui me déterminent à trancher mes publications imprimées jusqu'à présent à Paris, pour aller en reprendre la suite en un autre lieu plus convenable sous divers rapports, mais surtout pour moi, et sans inconvénient aucun pour cette partie du public appelée à prêter en première ligne une oreille attentive à mes paroles; c'est-à-dire tout bonnement que je vais m'en retourner à mon domicile habituel de Nice. — Au fait, à résultats égaux, en tant qu'influencés par la localité, sur la bonne composition de mes Émissions, et même à l'égard de l'effet qu'elles peuvent produire, il y a convenance dans le changement de front que je me résous à effectuer dans l'espace. Car, et ne considérant d'abord que ma vie physique, à laquelle sont inévitablement attachées mes productions littéraires (*), je puis

---

(*) Cette réflexion, qui pourrait paraître plus qu'inutile, est mise ici pour contribuer à détruire indirectement la fausse croyance assez généralement répandue que l'Esprit pur pourrait par lui seul se manifester.

éviter, en travaillant sous mon toit ordinaire, où j'ai,
comme on dit, tout sous la main, de me heurter contre une
foule d'embarras que je rencontrerais partout ailleurs, où,
ne me posant que comme un oiseau de passage, j'aurais avant
tout à me créer un entourage nomade, c'est-à-dire, et ne
parlant que de ce que réclament mes besoins matériels, que
j'aurais à me composer, pour leur indispensable satisfaction,
des relations fastidieuses, qui, étant déjà (tant physiques que
morales) établies depuis mon enfance dans mon stationne-
ment habituel, y fonctionnent comme instincts. Et quant aux
ressources spirituelles qu'il semblerait que je pourrais
trouver dans quelque grand centre des lumières humaines
plus abondamment, et me procurer plus facilement qu'à
Nice (moyenne cité de province), est-ce que la Providence
ne me pourvoira pas là aussi bien qu'autre part, des instru-
ments nécessaires à l'accomplissement de ma *Mission ?* —
Que si je suis venu à Paris porté sur les ailes providentielles
pour y exhiber mon mandat céleste au lieu de lancer tout
d'abord de Nice mes proclamations salutaires, c'est, entre
autres raisons et motifs, que le lieu de la Terre le plus convenable à mes publications devant être un de ceux où elles
rencontreraient le moins d'obstacles, devant être celui où
aux moindres frais et avec le plus de liberté je pourrais
ouvrir l'avenir aux regards des Humains, aucune autre tri-
bune que celle qui vient d'être matériellement et bien plus
figurativement enceinte de fortifications à forme inexpugna-
ble, ne pouvait, dans ma position relative et dans notre
temps, être mieux adaptable à mes desseins.— Mais maintenant que l'ouverture de mon *Mandat* est proclamée et au-
thentiquée par l'impression faite et déposée à Paris de mes
sept premières Émissions, auxquelles il y aura à joindre la

huitième courante; maintenant surtout que leur exposition
suffisamment étendue permet aux esprits droits d'en apprécier, ou du moins d'en entrevoir la *bonté infinie,* tandis que
leur innocuité aux yeux des esprits à jugement retréci, qui
les regardent comme des chimères qui passent, doit leur
ôter toute crainte de malfaisance, aucune personne, QUELLE
QU'ELLE SOIT, ne pourra, sous peine d'agir *insensément,* et au
surplus vainement, je suis en droit de le présumer, prendre
à sa charge d'entraver sciemment ma liberté, en mettant
empêchement volontaire à la continuation de l'exposition
publique de mon œuvre de salut, quel que soit le pays civi-
lisé que je choisisse pour ma chaire universelle. — Et naturellement (sans faire entrer en considération la période des
33 premières années de ma vie mondaine et ignorante), et
naturellement, c'est le lieu où la Providence (après avoir
posé à Paris en 1811 mon berceau spirituel) m'a installé à
poste fixe pour m'y infuser son Esprit divin, c'est ce lieu,
Nice, qui doit être celui de mon choix. Et cela d'autant
plus qu'il m'a été inspiré et même écrit en caractères à sens
biblique, que ma destinée m'attache temporellement et
localement à ce pays, et plus restrictivement à celle de
ses campagnes dont j'ai pris possession effective en 1812;
à ce pays qui, situé au pied des Alpes dont les cimes ainsi
que les autres points élevés du Globe, aspirant les premiers et les derniers rayons du soleil, semblent nous
demander de ne pas laisser plus longtemps inutile leur
froide passivité en leur attachant au plus tôt ces chaî-
nons qui doivent d'abord lier leurs massifs au commencement de l'édification du futur premier Ciel terrestre;
c'est ce pays, dis-je, désigné et préparé par la Providence pour
être le lieu de ma résidence centralement émanative, qui doit

à ces motifs devenir celui de mon choix : choix surabondam-
ment déterminé par cette circonstance à forme miraculeuse
que ma campagne ou plutôt mon *camp* a reçu, comme confirmation de sa destination, une espèce de consécration en
attirant à lui, par un charme mondainement indéfini, et
que le vulgaire attribue à la simple beauté de son site, des
Représentants marquants de tous les peuples et nations de
la Terre, qui pour la plupart sont venus lui rendre inconsciemment hommage. — Et voilà entre autres pourquoi je
vais quitter notre capitale occidentale pour retourner au
pays de Nice, dans cette localité qui par sa situation mari-
time embrasse absolument la Terre d'un limpide coup d'œil
uniformément circonvallatif, et qui, par sa position relative
en terre ferme (considérée dans ses limites naturelles et
sous une extension physique assignée et circonscrite
par les intérêts de la Terre en cette origine universalisante), donne immédiatement la main à la France ainsi
qu'à l'Italie, et se lie le plus prochainement à l'Allemagne
par la Suisse.

NOTA BENE.

Les hommes du siècle qui observent ma marche, mais qui ne la
suivent que d'un œil superficiel, penseront sans doute, après avoir lu
ce qui précède, que dans l'œuvre que j'élabore en public et où il s'agit
du salut de tous, j'occupe trop le lecteur de ma personne, ce qui ne
s'accorde guère avec cette abnégation de *mon moi* dont je me suis en
quelque sorte vanté dans mes 2me et 3me Émissions ; car ce que je viens
de dire exhale, j'en conviens, une odeur de personnalité ou d'individualité désattrayante pour qui ne voit en cela que des prétentions non
légitimées à me présenter comme foyer d'un centre. — Je vous l'ai bien

annoncé en commençant mes publications que j'aurais l'air de trop
parler de moi !... Que vous dirai-je encore à ce sujet ?... Prenez-moi
en patience en considérant en premier lieu que je n'attends rien pour
moi en ce monde, motif désirritant pour ceux qui ne veulent regarder
qu'au-dessous d'eux, ou tout au plus qu'à leur niveau ; en second lieu,
que c'est à la postérité surtout que je parle, et qu'enfin tout ce que je
dis concernant ma personne et en tant que se rattachant à notre
avenir de salut, ne saurait être séparé de ce même salut, sous peine,
manquant d'un fond central effectif, de ne pouvoir sortir des vapo-
rosités mystiques dans lesquelles nous sommes restés immergés jusqu'à nos jours : ma personne, du reste, ne devant être admise, dans
nos circonstances actuelles, que comme une personne futurement dé-
terminable dont je ne serais que la figure palpable.

Cependant, avant d'aller établir mes relations mentalement spirituelles avec mes lecteurs sur un autre point du
Globe, je crois devoir ajouter à ce que j'ai déjà dit, pour
quelques-uns d'entre mes consciencieux auditeurs, certaines
autres paroles préventives concernant celles de mes Émissions futures (s'il entre dans les vues de la Providence que
j'en publie d'autres), qui par leurs ouvertures laisseront
trop transpirer le pur esprit philosophique qui fermente
dans ma dernière surtout ; car marchant ici sur un terrain
brûlant, la circonspection est bonne à recommander ; non
que cette circonspection doive être excessive et portée sur
tous les points élevés, l'expérience nous ayant montré que
cet excès est inutile ; mais pour qu'elle soit employée à
l'égard des choses sacrées, qui, comme le savent plusieurs
et comme nous le sentons tous, doivent être toujours
tenues dans la plus profonde vénération et entourées d'un
respect sans fin.

Or, dans ma dernière Émission, j'ai déjà accusé ou avoué mon insuffisance à remplir complétement et sous une ordonnance parfaite le cadre d'une philosophie immutable, et de plus j'ai dit que quand même je serais en mesure d'effectuer un tel ouvrage, il était fort à présumer que je ne devrais pas l'exposer dans toute sa nudité par les motifs proposés aux *Appelés,* auxquels je m'adressais principalement, pour ne pas dire exclusivement. Mais pour attirer plus expressément l'attention des hommes de *seconde élite* sur cette considération délicate, je vais me répéter, je vais redire avec quelques variantes ce que j'ai exprimé, en effleurant l'important sujet en question, dans le préambule et vers la fin de ma précédente Émission, la 7e.

PROPOSITION AUX APPELÉS PROCHAINS.

Le contenu théosophique de ma dernière Émission, quoique plus que suffisant pour fixer l'opinion des philosophes de profession sur la portée de mes vues philosophiques, et bien que sans réplique en ce qui touche l'exposition si nettement franche du *Dernier Problème de la Philosophie,* qui évidemment embrasse toute la Création ; ce contenu philosophique, dis-je (j'entends son pur esprit), n'est cependant qu'un très-faible aperçu de la *Vérité ontologique,* étayée de quelques principes métaphysiques posés dogmatiquement et non ouvertement abstraits par déduction infaillible de la source intelligible : aperçu qui, quoique logiquement irréprochable dans sa marche sévère, est laissé dans un état dubitatif non-seulement du côté de sa forme, manquant d'une étendue suffisante portant preuve, mais aussi par la privation de l'exposition des conditions de la solution du

Problème. Car, quoique cette solution y soit comprise pour des clairvoyants absolus, elle y est tellement resserrée dans son implication, qu'on ne peut la considérer que comme n'y étant qu'en germe, lequel réclame pour la possibilité de son développement la détermination rigoureuse des conditions qui rendent possible l'établissement de la Vie bienheureuse. — Or, c'est pour cette détermination qu'il me manque un lien systématique complet, ou plutôt un système reliant toutes et les moindres parties essentielles d'une philosophie immutable. — Sans doute qu'à défaut d'une méthode systématique pleinement satisfaisante et présentée à découvert, je pourrais, à l'aide des méthodes scolastiques connues, me rendre clair et faciliter les études philosophiques; mais telle n'est pas ma fonction, laquelle, on le pressent, doit se limiter à ouvrir les voies aux *Appelés,* leur laissant la charge d'ordonner et de diriger ces études avec les ménagements requis par et selon les diverses applitions à en faire; sous la réserve que je m'impose à l'égard de l'ouverture de ces voies, et pour le cas même où je serais en possession d'une abstraction de la Philosophie, ordonnable en un système complet et parfait, de ne pas l'exposer pleine de vie dans toute son étendue et sous forme indubitable pour les esprits qui ne seraient pas parvenus par leurs mérites aux portes du sanctuaire de la Vérité. —Cependant, pour qu'aucune velléité ne vînt me surprendre ni me troubler en cette affaire, si Dieu a permis que je pénétrasse dans tous les arcanes divins qui tiennent à la théorie, et que toute la théorie divine me devînt présente, il n'a pas voulu que j'entrasse en possession d'une méthode parfaite qui rendrait incontestable l'exhibition que je pourrais être tenté d'en faire; car trop savoir peut nuire

quelquefois, comme cela aurait pu m'arriver si, dominé
par l'ascendant irrésistible de la Vérité sur une âme néo-
phyte pleine d'ardeur amoureuse et manquant de l'exercice
expérimental des choses célestes, je m'étais laissé aller à en
trop dire : ce que Dieu n'a pas voulu, parce qu'alors, entre
autres mais principalement, aucune des faiblesses inhéren-
tes à l'Humanité n'accusant le travail de l'homme dans
l'œuvre divine, le doigt directeur suprême au lieu d'être
occulte se serait montré, comme si lui seul agissait sans
participation libre de l'homme ; ce qui ne séparant pas d'une
manière tranchée le genre humain de son assimilation avec
la Nature, et traitant l'homme comme machine, aurait porté
atteinte à la dignité que réclame la liberté humaine dans
son action la plus élevée. — Toutefois si, d'une part, cela est
vrai pour l'Être intelligent marchant vers l'assimilation
divine, il y a puis à considérer ; d'autre part, que quoiqu'il
soit certain que tous les hommes en général sont appelés à
la perfection spirituelle, cela n'est faisable que dans l'éternité et non dans le cours de l'actuelle régénération où le
fait nous montre que tant et tant d'hommes spirituellement
arriérés ont besoin de passer, Dieu sait par combien de
phases de régénération pour arriver au point sublime où
ils participeraient consciemment au maintien de la perpé-
pétuité de la Création : but vers lequel tout Être tend sans
doute, mais duquel nous ne pouvons que nous rapprocher
par des efforts incessants dans chacune de nos périodes
vitales.

Or, pour ceux qui, dans l'état actuel de leur intelligence,
ne pourraient pas même aborder cette sublimité dans sa
nue vérité infinie, il serait inutile au moins (je le répète à
titre de précession et comme pendant de ce qui va suivre),

de leur fournir un aliment dont ils ne sauraient se nourrir.
Quant aux autres, et c'est ici un des points essentiels parce
qu'à eux, ayant, comme délégués, à agir directement et avec
discernement sur la base humanitaire; parce qu'à eux, ou
plutôt à leurs bons actes fidèlement et intelligemment
obéissants, est attaché accessoirement le salut de la Terre
créé par les Élus; quant à cette classe intermédiaire, veux-
je dire, et plus particulièrement à ceux compris dans les
catégories de la haute moyenne Humanité, il convient évidemment, ne considérant ici que le côté spirituel de la question, il convient, dis-je, ou plutôt il est bon, très-bon, cela
se sent, cela se voit, qu'ils arrivent graduellement et sous le
palladium moral à la découverte personnelle de la Vérité;
car, d'une part, on ne connaît jamais mieux les choses que
quand on les a tournées dans tous les sens et scrutées avec
peine par soi-même, et, d'autre part, ces âmes mixtes dont
nous parlons ayant concouru et participé à plusieurs reprises et sous diverses conditions aux hauts travaux de la
haute Humanité, elles seront reconnues d'autant plus dignes
d'officier dans le monde parfait que leur moralité se sera
mieux exprimée hors d'elles, et que l'esprit de vérité aura
jeté dans leur intimité de plus profondes racines.

Enfin, me résumant pour en venir au but principal que
j'ai en vue dans cet entretien avec les hommes de seconde
élite (les Appelés prochains), je dirai qu'il résulte de l'amalgame des diverses considérations que je viens de proposer à
la volée à mes sages auditeurs, que me trouvant placé, à
l'égard de mes Émissions futures, au milieu de situations
préoccupatives concernant le meilleur arrangement à donner aux divers sujets que je traiterai, il se pourra que je me

2

laisse aller trop loin certaines fois, trop près d'autres fois.
De sorte que, dans l'un ou l'autre cas, soit que je balbutie
soit que je m'exprime avec une précision sans réplique, ce
sera aux *Appelés* à faire de mes paroles l'usage le plus convenable, dans sa modération, en vue du salut de la Terre.

Arrêté, jeudi 1er janvier 1846. = 5 $\left\{ \begin{array}{l} \\ 3 \ (8) \ 0 \\ \end{array} \right\}$ = $\left\{ \begin{array}{l} \text{1er jour de la 9e semaine} \\ \text{du quartier quaternaire} \\ \text{de l'an 6e quadragénaire.} \end{array} \right.$

REPRISE.

A la veille de quitter le poste que m'avait significativement indiqué et où m'avait momentanément placé la Providence, je reprends la composition de mon actuelle Émission, déjà arrêtée au premier de l'année *grégorienne* courante,
pour y ajouter quelques paroles qui, étant comme une façon
de premier adieu, serviront en outre à signaler dans mes
Émissions déjà parues, et pour ceux qui, étant aptes à entendre la parole divine, n'auraient encore pu l'y saisir, quelques-unes des assises de la base sur laquelle doit s'élever ma
Mission: Et je suis d'autant plus porté à cela faire, que, quoique
ces assises soient posées en plein soleil dans mes dites Emis-
sions, elles seront offusquées par l'entourage dont les cir-
conviendra le mauvais côté du cœur humain, c'est-à-dire,

1° Par l'inerte assurance des fauteurs du néant qui voudront les couvrir des ténèbres factices qui obscurcissent leurs intelligences;

2° Par l'ignorance bouffie de suffisance et rongée d'envie qui voudra les ternir de son dédain méprisant et moqueur;

3° Par le mauvais vouloir qui poussera plusieurs de ceux qui ont des positions prises à en barrer les approches pour ne pas déchoir de leurs éphémères piédestaux.

4° A quoi on pourrait ajouter d'autres espèces d'opposants négatifs mal-pensants et malfaisants qui s'agiteront sourdement; car s'il y en avait qui voulussent combattre ouvertement mon œuvre, ils rencontreraient qui leur répondrait, je n'en saurais douter.

Ce n'est donc à aucun de ceux à qui mon objurgation est applicable sans espoir de retour de leur part, que je tenterai ici de débander un peu les yeux, encore moins sera-ce à ceux que la *Grâce* a touchés; mais aux hommes qui, sans mauvaise volonté, mais ne vivant que de préjugés, ne peuvent admettre à première entente, comme une vérité qui doit leur servir de règle future et à la réalisation de laquelle ils doivent tout subordonner, un fait tel que celui que je leur annonce, un fait divin et final et par cela même inouï dans les annales de l'Humanité; car jusqu'à présent la fin de l'homme non plus que l'actualité de la Divinité dans son principe ainsi que dans ses actes, n'avaient été signalées qu'aux sentiments de l'Humanité, et c'est bien la première fois qu'une voix divine parle ici-bas rationnellement à l'entendement humain.

En effet, prenant en preuve de la vérité de cette assertion quelques-uns des dogmes entre tous ceux qui sont plus ou

moins clairement proposés à la raison humaine dans mes
Émissions, et négligeant de mettre ici en évidence particulière cette haute vérité qui porte en son sein la *Résurrection*,
parce qu'étant la base essentielle et la couronne de la Création, son développement et sa mise au jour font capitalement
et finalement partie de ma *mission* même ; qui, demanderai-je,
a jamais entr'ouvert, rationnellement comme il vient d'être
fait dans la dernière Émission, notre avenir en sa nature
palpable et en sa forme ostensible par l'exposition, irrécusable
dans sa vérité, du *Dernier Problème de la Philosophie?*... Où,
autre part que dans ma 7ᵉ Émission, rencontrerait-on l'explication définitive de la *Foi*, ou du sens moral sur lequel les
plus valeureux génies ont en vain tant discuté?... Qui vous a
jamais appris ce qu'est la *Révélation* (laquelle a soutenu notre
enfance humanitaire comme une autorité tutélaire, mais
privée de toute sanction rationnelle), si ce n'est cet écho qui,
réfléchi de ma 4ᵉ Émission (et quoique peu sensiblement
articulé parce qu'il n'a rendu qu'une idée conçue en passant et livrée sans préparation), a dû retentir à vos oreilles
comme porteur de la conciliation entre le principe d'autorité et celui du jugement libre ou rationnel? Et n'allez pas
dire, ainsi que je l'ai entendu soutenir en pleine et haute
école, que la *Révélation* n'a pas besoin de la sanction de la
Raison, parce qu'étant supérieure à cette dernière elle ne
peut être jugée par son inférieure, puisqu'en vous opposant
le dilemme : *la Révélation est-elle raisonnable, oui ou non?* votre
jactante assertion s'écroule à l'instant. — Sans doute que
la Raison humaine, considérée comme un instrument
divin susceptible de perfectionnement relatif entre les
mains des hommes, est subordonnée à la Révélation ; mais

cela n'est vrai que parce que la Révélation est elle-même soutenue par la Raison absolue ou divine s'appliquant aux réalisations.

Mais n'allons pas plus loin, et bornons-nous pour le moment à recommander aux esprits élevés, mais dont la vue serait bornée par des préjugés inévitablement incomplets, d'écouter avec respect, avant de porter des jugements téméraires (*) sur mon œuvre, cette Parole qui, s'annonçant comme étant la *Parole de Vie,* invite à ce titre seul (son entourage d'ailleurs, sans confirmer absolument la Vérité qu'elle porte ne la démentant pas) à se prosterner devant sa majestueuse présence. Aussi ajouterons-nous à cette recommandation celle beaucoup plus pressante, adressée à ces esprits élevés aussi bien qu'à tout membre de la famille humaine terrestre, d'attendre, prenant pour règle invariable de leur conduite les préceptes de morale éternelle incrustés dans nos âmes, d'attendre, disons-nous, avec une pieuse confiance, mais le front courbé dans la poussière, que les décrets du Très-Haut se prononcent selon nos mérites sur nos destinées individuelles.

_____

(*) Dans ma 4ᵐᵉ Émission, page 26, lignes $\begin{cases} 25 \\ 26 \end{cases}$, au lieu de *jugement téméraire*, mettez : *jugement précipité;* car ce n'est guère qu'arrivé à l'avancement actuel de mes Écrits, qu'il y aurait témérité à se prononcer ouvertement contre eux, sans être encore en état d'en pénétrer l'esprit ni de prévoir les productions qui pourront en découler ou s'ensuivre.

NOTE.

La dernière Émission n'a été envoyée qu'à mes deux fils comme à l'ordinaire, et ensuite, et par extraordinaire, aux mêmes quatre corps savants ou académiques auxquels j'avais fait passer la brochure de la Numération pour qu'ils pussent voir entre autres à quoi se rattachait cette production qu'on pourrait considérer comme bizarre dans son apparition isolée. — La même dernière Émission a été envoyée en outre :

1° A l'Académie des sciences de *Gœttingen,* comme représentant, plus centralement que Berlin, l'Allemagne philosophique;

2° Au pair de France *Cousin,* comme au plus éclatant des philosophes français du temps ;

3° Enfin, au plus renommé des philosophes vivants, *Schelling.*

Quant à l'actuelle Émission, elle sera probablement adressée aux cinq corps savants ou académiques déjà pourvus de la précédente, ainsi qu'aux deux personnages que je viens de nommer, et cela comme conséquence de l'envoi antécédent : conséquence que la raison pratique commande de rendre effective, mais qu'un certain devoir prescrit de ne pas porter au delà. — Et sans doute un dernier envoi en sera fait aussi à un troisième personnage comme clôture de la première ouverture significative que j'ai pris sur moi de faire.

Émis à Paris, vendredi 20 mars 1846. $= 6 \mid 0 \;(\;6\;)\; 1 \mid = \begin{cases} 2^e \text{ anniversaire} \\ \text{du départ du } Mandat \\ \text{de Nice pour Paris.} \end{cases}$

P.-J. ARSON.

REMARQUE PASSAGÈRE.

La brochure traitant de la *Numération* qui accompagne mon avant-dernière Émission, la 6ᵉ, ayant été imprimée en l'année 1844 avant aucune Émission proprement dite, dut, tant à cause de son fond indépendant et de sa solitude d'alors, qu'à raison de sa destination future qui lui assignait une indépendance de forme sous le titre de *Deuxième partie de l'Épître aux Humains;* à ces causes, je veux dire, ce premier écrit ayant dû recevoir une pagination principiante, cette pagination se prolongea de 1 à 24. Cependant mes Émissions strictement dites, imprimées après ladite brochure, ont reçu aussi une pagination principiante qui s'est prolongée (outre les douze premiers chiffres romains) jusqu'à la fin de la 6ᵉ Émission de 1 à 74. Or, comme mes Émissions ne doivent plus être tranchées en 1ʳᵉ ou 2ᵉ partie, ainsi que j'avais l'intention de le faire au commencement de mes publications, une seule série de numéros suffirait à notre pagination, et naturellement ce serait la série de mes Émissions à l'exclusion de celle de la Numération que je devrais suivre. Mais mieux vaut, pour simplifier la chose, renoncer (ainsi que je l'ai fait à partir de la 7ᵉ Émission) à une série générale coliant l'ensemble de mes Émissions, lesquelles, portant chacune son numéro d'ordre et même un titre distinctif, sont suffisamment et simultanément liées et distinctes. — Il y aura aussi à remarquer sur le même sujet que les numéros 25 et 26 du dernier feuillet de la 3ᵉ Émission ont été fautivement répétés à la reprise de la 4ᵉ Émission dont le numérotage ou la pagination commence par le numéro 25 au lieu du 27 et se prolonge jusqu'à la page 47 et même 48, en mettant en ligne de compte le verso de cette dernière page : à motif de quoi j'ai fait commencer la pagination du premier feuillet de la 5e Émission par les numéros 51 et 52.

BULLETIN.

On peut se procurer cette 8e Émission, ainsi que les précédentes,

avant le départ de l'auteur, { chez le concierge de la maison 6, rue de l'École-de-Médecine, à Paris ;

après son départ, au lieu de son domicile,

aux prix de { francs 3,20 centimes pour les 6 premières } } Émissions. } 2,80 » » la 7e } 6, • » » les 7 } 6, • » » la 8e } 12, • » » l'ensemble des 8 }

Paris. — Imprimerie et Fonderie de Rignoux, rue Monsieur-le-Prince, 29 bis.

ÉPITRE AUX HUMAINS.

PAR

Le Commandeur ARSON.

DEUXIÈME PARTIE, *Voy. pag. 1 {*
Ire SECTION.

PARIS.

RIGNOUX, IMPRIMEUR DE LA FACULTÉ DE MÉDECINE,
rue Monsieur-le-Prince, 29 *bis.*

—

1844

DEUXIÈME PARTIE.

ESSAI SUR LA VULGARISATION DE LA SCIENCE,

ET D'ABORD SUR LA SCIENCE DES NOMBRES,

ET PLUS PARTICULIÈREMENT SUR LA NUMÉRATION.

L'Être, spontanément mu, et, à cause même de cette spontanéité, qui nécessairement a un principe et une fin, se trouvant en opposition avec le néant sensible et le néant corporel, spontanéité et néant élémentaires, dont l'amalgame effectif constitue par sa forme le *temps réel*, lequel ainsi sert de lien intermédiaire entre le néant corporel, l'*espace*, qu'il transforme en *étendue*, et le néant intelligible considéré comme possesseur, inactif par lui seul du *temps pur*; l'Être animique, disons-nous, étant donné comme application possible et effective de l'Intelligence, *formalisatrice* de ce qui est hors d'Elle, les *Mathématiques*, dont le *Temps* en général est l'objet, sont cette partie de l'Intelligence qui contient, outre les éléments intelligibles du *temps*, les relations formelles de ces éléments et les résultats idéaux provenant de ces relations. — Les opérations qu'on appelle *calculs*, législativement prescrites pour obtenir ces résultats concrètement applicables, ont pour technie l'*Arithmétique*.

Cependant le *temps*, qui, dans son origine pure, ne peut avoir pour éléments que la succession continuelle d'*instants*, alternativement positifs et négatifs, nécessairement les plus courts concevables, et par conséquent tous égaux entre eux (car il n'y a pas de raison pour que dans l'Intelligence pure ils soient autres à leur origine), ce qui pour l'esprit est une

1

suite infinie de principes et de fins monotonement et uniformément liés, au point d'être de cette manière indistincts
et par conséquent semblables au néant temporel; le *Temps,*
pour s'appliquer à l'individualité de l'Être, doit fournir des
formes unitaires ayant principe, moyen terme et fin.

Mais sa première forme individualisante est sans contredit le *Nombre,* racine des *idées de quantité,* sans lesquelles,
entre autres, et comme fondement élémentaire, ou matière
idéale, quoi que ce soit d'intelligible, ne pourrait passer à
l'état représentatif, c'est-à-dire ne pourrait devenir présent
à la pensée sous forme corporelle d'idée. — Or, tout ce qui
dans l'Intelligence, et sous une ordonnance régie par la nécessité, se rapporte au *Nombre* comme fondement des idées
élémentaires de quantité, constitue la science des nombres.

La science des nombres, en général, étant ainsi définie,
celle de ses dépendances spécifiques qu'on nomme la *Numération,* est cette partie des mathématiques qui fournit et
nous facilite les moyens de nous rendre présents tous les
nombres. — Or, voici par aperçu comment :

Après avoir posé d'autorité l'unité, intelligible ou abstraite,
comme premier nombre en opposition intermédiaire avec
l'infini en grandeur et son néant pour la *plurifier* d'un côté,
et pour la morceler de l'autre, la plus simple manière de
donner naissance aux nombres entiers consiste manifeste-
ment à ajouter successivement l'*unité* à elle-même, en affectant à chacune de ces compositions, pour les individualiser,
un nom distinctif accusant la totalité des unités comprises
dans chaque collection composées l'une de deux et les suivantes de trois, quatre, cinq, etc., *unités :* telle est la première formation de ce qu'on appelle la suite des *nombres naturels.*

Mais notre portée numérique ayant une limite plus ou moins bornée, selon la puissance des diverses intelligences, et, dans toute supposition la plus avancée, une limite promptement bornée, sans même faire intervenir la considération de l'infini pour mettre en évidence cette borne si proche de nous, l'individualisation des nombres naturels par leurs différentes dénominations *totalisantes* accusant simplement la quantité des unités qui les constituent sous une seule et des plus simples liaisons avec le nombre qui les précède, rencontrerait bientôt un terme au delà duquel la confusion troublerait la compréhension de la suite de ces nombres beaucoup en deçà de ce que réclament nos besoins numériques.

Cependant, partant de cette origine, de cette pauvreté naturelle, pour la transformer par l'art en richesse, c'est-à-dire pour étendre la ligne de notre portée numérique indéfiniment au delà de nos besoins, on a reconnu que, prenant une de ces collections d'unités, un nombre, pour le répéter suivant certaines lois, et dans les limites des premiers nombres naturels admis comme étant aisément à notre portée, on pourrait, en l'ordonnant dans des proportions régulièrement croissantes, en former des unités collectives de plus en plus grandes ; lesquelles, étant reliées et accrues par lesdits premiers nombres naturels, fonctionnant comme leurs multiplicateurs; on pourrait, disons-nous, ajoutant successivement chacun de ces mêmes premiers nombres naturels à chacune des sommes des collections précitées, reproduire indéfiniment tous les nombres entiers sous une représentation de forme assez restreinte pour être facilement saisissable.—L'ensemble de ces collections d'unités ainsi *ordonnables* est ce qui constitue les divers systèmes de numération dont voici un tableau rétréci.

SYSTÈMES DE NUMÉRATION

À BASES

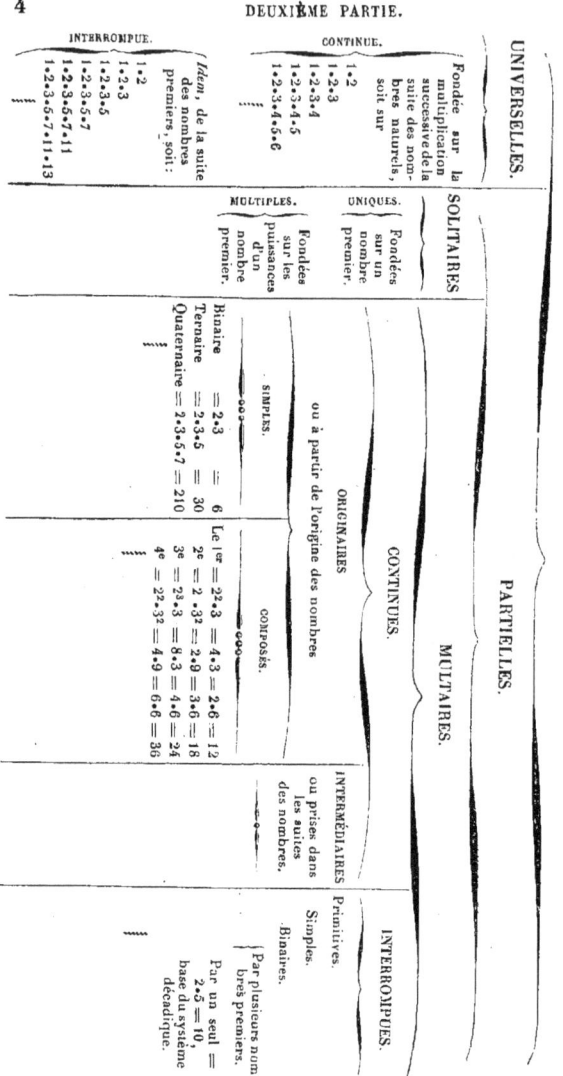

UNIVERSELLES.

CONTINUE.

Fondée sur la multiplication successive de la suite des nombres naturels, soit sur

1•2
1•2•3
1•2•3•4
1•2•3•4•5
1•2•3•4•5•6
......

INTERROMPUE.

1•2
1•2•3
1•2•3•4
1•2•3•4•5
1•2•3•4•5•6

Idem, de la suite des nombres premiers, soit :

1•2
1•2•3
1•2•3•5
1•2•3•5•7
1•2•3•5•7•11
1•2•3•5•7•11•13
......

SOLITAIRES

UNIQUES.

Fondées sur un nombre premier.

MULTIPLES.

Fondées sur les puissances d'un nombre premier.

PARTIELLES.

MILITAIRES.

ORIGINAIRES

ou à partir de l'origine des nombres

CONTINUES.

SIMPLES.

Binaire   = 2•3   =   6
Ternaire   = 2•3•5   = 30
Quaternaire = 2•3•5•7 = 210

COMPOSÉS.

Le 1ᵉʳ = 2²•3 = 4•3 = 2•6 = 12
2ᵉ = 2 •3² = 2•9 = 3•6 = 18
3ᵉ = 2³•3 = 8•3 = 4•6 = 24
4ᵉ = 2²•3² = 4•9 = 6•8 = 36

INTERMÉDIAIRES

ou prises dans les suites des nombres,

INTERROMPUES.

Primitives.
Simples.
Binaires.

Par plusieurs nombres premiers.
Simples.
Binaires.

Par un seul =
2•5 = 10,
base du système décadique.

De tous ces systèmes nous n'en développerons d'abord qu'un à l'aide de l'art arithmétique : celui qui a pour base le nombre *deux*, que nous pousserons par ampliation jusqu'à la base *seize*; nous réservant d'attirer sur d'autres, par la suite, l'attention des personnes instruites en ces matières. — Avant pourtant de passer à ce développement il y aurait un mot à dire sur l'art arithmétique.

On a reconnu que pour effectuer toutes sortes de computs quatre opérations, qu'on appelle les quatre règles de l'arithmétique, suffisaient; savoir :

addition et soustraction ⎰ ⎱ à l'aide desquelles, quand on a appris à
multiplication et division ⎱ ⎰ les effectuer, on dit qu'on sait compter.

Toutefois, il ne serait pas mal de ne pas perdre de vue que tous les calculs se réduisent en définitive, à cause des deux idées originaires de CE QUI EST et de CE QUI N'EST PAS, vivifiées par les idées primitives aussi bien que finales du POSITIF et du NÉGATIF accompagnant nécessairement toutes autres idées, comme condition, sinon non, de leur passage à la possibilité; tous les calculs numériques, disons-nous, se réduisent en définitive à l'addition et à la soustraction; car la multiplication et la division ne sont, l'une que l'addition, l'autre que la soustraction abrégées.

Or, ces quatre règles, auxquelles les hauts calculateurs en ajoutent deux autres, dérivant toujours des deux premières, qu'ils nomment, l'une, l'élévation des *puissances*, laquelle consiste à multiplier plusieurs fois un nombre par lui-même, et l'autre, l'*extraction des racines*, qui est le retour au nombre qui a dû servir de base à une *puissance ;* ces quatre règles, disons-nous, supposent une arithmétique mentale dont les germes, pour se développer uniformément dans les intelligences individuelles, doivent être soumis à une même méthode de développement. De façon que pour apprendre à compter, dans les limites du nombre *seize* par exemple, il y aurait à inculquer dans la mémoire des étudiants et dans les sens progressif et régressif la Table suivante (*) :

(*) Peut-être dira-t-on que j'aurais pu me passer de reproduire ici cette Table, ainsi que l'exposition de la numération duodique qui la suivra de près, par la raison que la Table est déjà chose connue, sinon généralement quant à sa forme, du moins par son fond, et que la numération duodique pouvait être arithmétiquement mise au jour dans sa plénitude par le premier venu des arithméticiens suffisamment instruit en cette branche des sciences exactes. En outre, la numération duodique telle que je l'expose semblerait mériter avec plus de justice le reproche d'être négligemment habillée ; ce qui provient de cette circonstance, que n'ayant jamais pensé devoir me trouver dans le cas de traiter un aussi mince sujet, je n'ai pas eu le temps de lui accorder, dans la brève exposition que je lui ai préparée, tout le soin qu'il eût été bienséant de lui donner. Mais dans le commandement qui m'a été *intimé* par voie inspirative, et par conséquent muni de liberté, il y a deux quartiers à peine passés (**), de venir exhiber à Paris mon mandat, ce mandat suprême et salutaire que je tiens sous une forme indéterminée, mais prêt par son fond à être mis à exécution depuis l'an xxxx, il m'a été enjoint d'arroser hâtivement, et à la volée, cette toute petite numération, cette mousse spirituelle, vierge sur notre Terre..... J'AI OBÉI.

(**) Cette note a été ajoutée jeudi 9 mai 1844 = 4 | 1 (0) 0 | .

TABLE A L'USAGE DES PETITS COMPTEURS (*).

ET	OU							AUTREMENT DIT
1 » 0 = 1								1 × 1
1 » 1 = 2								1 × 2
1 » 2 = 3								1 × 3
1 » 3 = 4	2 » 2 =							1 × 4 = 2 × 2
1 » 4 = 5	2 » 3 =							
1 » 5 = 6	2 » 4 =	3 » 3 =						2 × 3
1 » 6 = 7	2 » 5 =	3 » 4 =						
1 » 7 = 8	2 » 6 =	3 » 5 =	4 » 4 =					2 × 4
1 » 8 = 9	2 » 7 =	3 » 6 =	4 » 5 =					3 × 3
1 » 9 = 10	2 » 8 =	3 » 7 =	4 » 6 =	5 » 5 =				2 × 5
1 » 10 = 11	2 » 9 =	3 » 8 =	4 » 7 =	5 » 6 =				
1 » 11 = 12	2 » 10 =	3 » 9 =	4 » 8 =	5 » 7 =	6 » 6 =			2 × 6 = 3 × 4
1 » 12 = 13	2 » 11 =	3 » 10 =	4 » 9 =	5 » 8 =	6 » 7 =			
1 » 13 = 14	2 » 12 =	3 » 11 =	4 » 10 =	5 » 9 =	6 » 8 =	7 » 7 =		2 × 7
1 » 14 = 15	2 » 13 =	3 » 12 =	4 » 11 =	5 » 10 =	6 » 9 =	7 » 8 =		3 × 5
1 » 15 = 16	2 » 14 =	3 » 13 =	4 » 12 =	5 » 11 =	6 » 10 =	7 » 9 =	8 » 8 =	2 × 8 = 4 × 4

(*) Nous nous servirons, en général, des deux petits traits (») qu'on nomme *guillemet* comme signe de répétition, lequel remplaçant à ce titre la conjonction *et*, remplacera aussi le signe de l'addition, pour la désignation de laquelle les géomètres se servent du signe + trop embarrassant ici.

Nous continuerons au surplus à employer les signes { × } ou { • } pour désigner la *multiplication* } de deux quantités : auxquels nous ajouterons le signe { = } » » l'*égalité*

ou ‿‿‿ pour signifier *ainsi de suite* ou *etc.*

BIBLIOTHÈQUE ROYALE

La Table que nous venons de reproduire pourrait paraître assez inutile ici, comme elle le serait il est vrai, d'autant plus que tout le monde, à peu d'exceptions près, l'apprend inconsciemment par l'usage commun et réciproquement continuel, si nous n'eussions cru devoir mettre en lumière une des vertus qu'elle implique et sur laquelle ordinairement les penseurs ne s'arrêtent pas avec l'intention d'en transmettre la connaissance à autrui : je veux dire que cette Table étant apprise par l'usage, sans que la grande majorité de ceux qui l'apprennent se rendent compte du pourquoi ni encore moins du comment ce qu'elle renferme a lieu et se fait, il ne peut être que très-avantageux d'attirer l'attention des étudiants vers cette considération ; parce que ce *pourquoi* et ce *comment,* c'est-à-dire le sens de ces mots, qu'il est bon en tout cas d'agiter autour de l'esprit naissant des futurs adeptes, devenant objet de la conscience, l'application qu'on peut en faire aux nombres, contribue puissamment à l'extension de la sphère numérique de l'intelligence individuelle ; car, évidemment, la connaissance méthodique de cette Table, venant à la suite d'une inspection raisonnée à fond, donne une nouvelle valeur aux nombres et particulièrement aux signes numériques, à cause entre autres de la présence simultanée de leurs rapports primitifs. — Cela dit, passons au développement du premier système de numération précité.

DU SYSTÈME DE NUMÉRATION PRIMAIRE,

SPÉCIFIQUEMENT DIT *DUODIQUE*.

Ce système, qui est celui fondé sur le nombre *deux* et qui, si on l'élève sur les puissances graduelles de ce nombre, fournit, au moyen des additions successivement partielles de ces puissances, tous les nombres pairs, ainsi que les impairs en ajoutant l'unité à chaque pair, n'exige, pour passer sous les règles de l'arithmétique, outre le signe du néant dit *zéro*, que nous remplacerons par *un gros point* comme étant plus simple que le signe 0 présentement en usage; ce système, le duodique, n'exige, disons-nous, pour servir à ses besoins d'un agent représentant la réalité, que le signe de l'unité, soit 1 (que nous remplacerons par 𝟙); et cela parce que cet 𝟙, ou l'unité, outre sa fonction propre et fondamentale, représentera aussi, suivant le rang graduel qu'elle occupera, toutes les *puissances* du nombre *deux*. Ainsi, 𝟙, ayant pour fonction de signaler successivement et graduellement

$$1, 2, 4, 8, 16, \text{\textemdash},$$

on aura, posant les unités duodiques horizontalement en allant de droite à gauche, comme cela se pratique pour l'arithmétique décadique; savoir:

2

DEUXIÈME PARTIE.

EN VALEURS

	DUODIQUES.	DÉCADIQUES.
	. =	0 = 0
	1 =	1 = 1
la **1**re, à	1 . =	2 » 0 = 2
	1 1 =	2 » 1 = 3
	1 . . =	4 » 0 » 0 = 4
» **2**e, »	1 . 1 =	4 » 0 » 1 = 5
	1 1 . =	4 » 2 » 0 = 6
	1 1 1 =	4 » 2 » 1 = 7
	1 . . . =	8 » 0 » 0 » 0 = 8
» **3**e, »	1 . . 1 =	8 » 0 » 0 » 1 = 9
	1 . 1 . =	8 » 0 » 2 » 0 = 10
	1 . 1 1 =	8 » 0 » 2 » 1 = 11
	1 1 . . =	8 » 4 » 0 » 0 = 12
	1 1 . 1 =	8 » 4 » 0 » 1 = 13
	1 1 1 . =	8 » 4 » 2 » 0 = 14
	1 1 1 1 =	8 » 4 » 2 » 1 = 15
» **4**e, »	1, ... =	16 » 0 » 0 » 0 » 0 = 16

les puissances du *deux* répondant,

Cela étant dit et ainsi posé, rien n'est plus facile que l'opération des quatre règles d'arithmétique. En effet, ayant par exemple,

1°, à *additionner* . . .	1	=	1
avec	2	=	1 .
on a 'pour somme	3	=	1 1
3 avec	4	=	1 . .
on a	7	=	1 1 1
7 avec	5	=	1 . 1
on a	12	=	1 1 . .
et enfin	1	=	1
avec	2	=	1 .
»	3	=	1 1
»	4	=	1 . .
»	5	=	1 . 1
on a	15	=	1 1 1 1

où l'on voit qu'après avoir ordonné eu colonnes verticales les nombres à additionner, et les avoir terminées par une ligne horizontale ou trait, il n'y a qu'à réunir de deux en deux les unités de chaque colonne pour les ajouter, à titre de simples unités, à celles de la colonne suivante; ayant soin de poser au bas de chaque colonne l'unité impaire, s'il en reste une après la réunion binaire, ou un point, si les unités à additionner sont paires.

2°, *à soustraire de*. . . $\quad$ 13 $=$ 1 1 . 1 $\quad$ où l'on voit que ce qu'il y aurait à

$\qquad\qquad\qquad$ 3 $=$ $\quad$ 1 1 $\quad$ faire, connaissant le procédé déca-

on a pour reste $\quad$ 10 $=$ 1 . 1 . $\quad$ dique, est bien facile;

3°, *à multiplier* . . . . $\quad$ 5 $=$ $\quad$ 1 . 1 $\quad$ où l'on voit qu'après la formation des

$\qquad\qquad$ par $\quad$ 3 $=$ $\quad$ 1 1 $\quad$ colonnes suivant la prescription du

$\qquad\qquad\qquad\qquad$ 1 . 1 $\quad$ nombre multiplicateur, la fin de l'opé-

$\qquad\qquad\qquad\qquad$ 1 . 1 $\quad$ ration revient à l'addition ;

on a pour produit $\quad$ 15 $=$ 1 1 1 1

4°, *à diviser*. . . $\quad$ 12 $\quad$ Soit $\quad$ 12 | 3 $\quad=\quad$ 1 1 . . | 1 1 $\quad$ où l'on peut entrevoir,

$\qquad$ par $\quad$ 3 $\qquad$. $\quad$ 12 $\qquad\qquad$ 1 1 . . $\quad$ et au surplus aisément

$\qquad\qquad\qquad\qquad\qquad$ 0 $\qquad\qquad\qquad$ . . . $\quad$ vérifier, que l'opération

On a pour quotient $\quad$ 4 $\quad=\quad$ 1 . . $\quad$ se réduira à des sous-

$\qquad\qquad\qquad\qquad\qquad\qquad\qquad\qquad\qquad$ tractions partielles.

Il sera probablement opportun de prévenir dès à présent les objections que pourrait faire naître l'étroitesse apparente du système que nous traitons. En effet, on pourrait croire que le nombre *seize* est trop borné même pour les petits besoins des plus infimes intelligences. Mais il faut observer que nous n'aurons pas seulement affaire avec les populations européennes, qui se composent d'une sorte de choix providentiel, mais que nous avons à penser aux autres bas peuples répandus çà et là disjointement sur notre Globe, et encore aussi aux enfants; pour lesquels derniers, même quand ils seront très-bien organisés spirituellement, ceci sera le commencement tout simple de plus hautes combinaisons numériques, au sommet desquelles parvenant par degrés naturels, l'échelle à parcourir sur cette ligne contribuera à faire contracter à leur jeune esprit des habitudes régulièrement méthodiques.

D'ailleurs, ce nombre *seize*, n'est pas si borné qu'il en a l'air, si l'on réfléchit que chacun de ces seize nombres abstraits pourra s'appliquer à des collections d'unités composées elles-mêmes de deux, ou trois, ou quatre et jusqu'à seize unités; telles qu'à des paires, des tercins, des quatrins, des sixins, des semaines, des octaves, des neuvaines, des dixaines, des douzaines et jusqu'à des seizaines; dernière espèce d'unité collective qui, multipliée par et ajoutée à chacun des quinze premiers nombres entiers, pousserait la série des nombres naturels jusqu'à 15 fois 16 plus 15, c'est-à-dire jusqu'à 255. De façon que si l'on réfléchit que tous ces nombres pourront s'appliquer à des onces comme à des quintaux, à des minutes aussi bien qu'à des siècles, on verra que cette limite de *seize* est susceptible d'une ampleur plus que suffisante pour l'usage auquel nous la destinons.

Mais avant d'étaler cette ampleur disons que, comme il serait très-difficile aux petits compteurs, à qui nous avons assigné pour limite le nombre *seize*, de se faire une idée non pas précise, mais approchante même d'un nombre dépassant de beaucoup *seize*, si ce nombre n'avait pour liaison que son précédent augmenté de l'unité, tels que 32, ou 48, ou 64,..., on pourrait, en considérant les seize premiers nombres naturels comme étant composés d'autant de fois seize unités que chacun d'eux comporte d'unités simples, les amener à compter en *seizaines*, comme si celles-ci étaient des unités du premier ordre; et de cette manière, et sans sortir de leur cercle d'action numérique, on parviendrait à faire asseoir en eux la compréhension d'assez grands nombres : chaque individu, d'ailleurs, ayant à se former d'une ou de plusieurs seizaines des idées plus ou moins nettes selon sa force intellectuelle, proportionnées au développement actuel de sa portée numérique, suivant l'étendue de l'exercice auquel il se livrera dans ce genre de connaissances, et analogues à la nature de l'application concrète qu'il en fera.

Or, pour opérer arithmétiquement et duodiquement en seizaines, on pourrait poser une virgule après les quatre premiers chiffres, c'est-à-dire après les unités, les *deuxins*, les *quatrins* et les *huitins* ; et alors, le cinquième chiffre désignant des seïzaines, les trois chiffres suivants désigneraient des deuxins, des quatrins et des huitins de seizaines ; et, nous arrêtant à la porte d'entrée de la deuxième puissance du nombre *seize,* c'est-à-dire à 255, nous aurions :

1, ... =				16 » 0 » 0 » 0 » 0 » 0 »				16
1, 1 1 1 1 =				16 » 8 » 4 » 2 » 1 »				31
1 •, ... =				32 » 0 » 0 » 0 » 0 » 0 » 0 »			32
1 1, ... =				32 » 16 » 0 » 0 » 0 » 0 » 0 »			48
1 • •, ... =				64 » 0 » 0 » 0 » 0 » 0 » 0 » 0 »		64
1 • 1, ... =				64 » 0 » 16 » 0 » 0 » 0 » 0 » 0 »		80
1 1 •, ... =				64 » 32 » 0 » 0 » 0 » 0 » 0 » 0 »		96
1 1 1, ... =				64 » 32 » 16 » 0 » 0 » 0 » 0 » 0 »		112
1 • • •, ... =	128 »	0 »	0 » 0 » 0 » 0 » 0 » 0 » 0 »	128
1 • • 1, ... =	128 »	0 »	0 » 16 » 0 » 0 » 0 » 0 » 0 »	144
1 • 1 •, ... =	128 »	0 » 32 »	0 » 0 » 0 » 0 » 0 » 0 »	160
1 • 1 1, ... =	128 »	0 » 32 » 16 » 0 » 0 » 0 » 0 » 0 »	176
1 1 • •, ... =	128 »	64 » 0 »	0 » 0 » 0 » 0 » 0 » 0 »	192
1 1 • 1, ... =	128 »	64 » 0 » 16 » 0 » 0 » 0 » 0 » 0 »	208
1 1 1 •, ... =	128 »	64 » 32 » 0 » 0 » 0 » 0 » 0 » 0 »	224
1 1 1 1, ... =	128 »	64 » 32 » 16 » 0 » 0 » 0 » 0 » 0 »	240
1 1 1 1, 1 1 1 1 =	128 »	64 » 32 » 16 » 8 » 4 » 2 » 1 »	255 ;

et les opérations arithmético-duodiques, quoique pouvant employer un nombre indéfini de chiffres, que, pour notre présent but, nous arrêtons à huit, ne présenteraient pas plus de difficultés et guère plus d'embarras que lorsqu'il s'est agi d'opérer sur quatre chiffres seulement. Au fait,

1°, additionnons	
1 =	1
2 =	1 .
3 =	1 1
4 =	1 . .
5 =	1 . 1
6 =	1 1 .
7 =	1 1 1
8 =	1 . . .
9 =	1 . . 1
10 =	1 . 1 .
11 =	1 . 1 1
12 =	1 1 . .
13 =	1 1 . 1
14 =	1 1 1 .
15 =	1 1 1 1
29 =	1, 1 1 . 1
64 =	1 . ., ...
Sommes 213 =	1 1 . 1, . 1 . 1

2°, soustrayons

de 199 =	1 1 . ., . 1 1 1
122 =	1 1 1, 1 . 1 .
Restes 77 =	1 . ., 1 1 . 1

3°, multiplions

19 =	1, . . 1 1
par 11 =	1 . 1 1
19	1, . . 1 1
19	1 ., . 1 1
	. . ., .
	1 . . 1, 1
Produits 209 =	1 1 . 1, . . . 1

4°, divisons 209 par 19, soit $\frac{209}{19}$, ou

209	19
19	1 . . 1 1
19	11 quotient décadique.
19	
0	

1 1 . 1, . . . 1 | 1, . . 1 1

1 . . 1 1

1 1 1 . .

1 . . 1 1   1 . 1 1 quotient duodique.

1 . . 1 1

1 . . 1 1

.

Telles sont les opérations arithmético-duodiques qu'auraient à faire les petits compteurs, passant à la transformation des quinze premiers nombres en seizaines.

Pour les divisions dont le dividende ne contient pas exactement le diviseur, arrêtons un moment nos regards, avant
de nous en occuper, sur la forme que prennent les fractions dans le système duodique. Dans ce système le fraction-
nement de l'unité étant soumis à la dégradation régulière des
puissances du nombre *deux*, celles-ci fonctionnant à titre
de diviseurs, il n'y aura que les fractions $\frac{1}{2}$, $\frac{1}{4}$, $\frac{1}{8}$, $\frac{1}{16}$, ⁓⁓⁓ et
leurs composées, qui trouveront leurs places finies; toutes
les autres, en tant qu'introduites dans ce système, ne pré-
senteront que leur cime se plongeant dans l'infini du côté
du néant. Ainsi les fractions duodiques étant arithmétiquement figurées; savoir (*) :

$\frac{1}{2}$	par	• — 1	
$\frac{1}{4}$	»	• — • 1	lesquelles seraient les seules dont au-
$\frac{1}{8}$	»	• — • ′ 1	raient à faire usage les petits comp-
$\frac{1}{16}$	»	• — • • • 1, .	teurs, pourvu que pour eux on systémât la mesure de toute chose duodiquement.

$\frac{1}{3}$	serait	• — 1 • 1 • 1 ......
$\frac{2}{3}$	»	• — 1 • 1 • 1 • ......
$\frac{1}{5}$	»	• — • • 1 1 • • 1 1 ......
$\frac{2}{3}$	»	• — • 1 1 • • 1 1 • • 1 1 • • ......
$\frac{3}{5}$	»	• — 1 • • 1 1 • • 1 1 • • 1 1 ......
$\frac{4}{5}$	»	• — 1 1 • • 1 1 • • 1 1 • • ......
$\frac{1}{6}$	»	• — • • 1 • 1 • 1 • ......
$\frac{1}{7}$	»	• — • • 1 • • 1 • • 1 ......
$\frac{1}{9}$	»	• — • • • 1 1 1 • • • 1 1 1 ......

⋮

(*) Le trait, soit —, sera le signe qui servira à marquer la séparation entre
les nombres entiers et les fractionnaires.

Sous cette réduction de forme, les règles de l'arithmétique s'effectuent dans le système que nous traitons de la
même manière que pour les nombres entiers, en y ajoutant
pourtant ces considérations délicates connues dans l'emploi
du système décimal pour ramener l'infini au fini.

Bornons-nous à ne montrer qu'un exemple de ces opérations sur les fractions duodiques; prenons-le dans la division, et opérons décadiquement et duodiquement sur le
nombre 78 divisé par 7.

SOIT DONC DANS LES SYSTÈMES

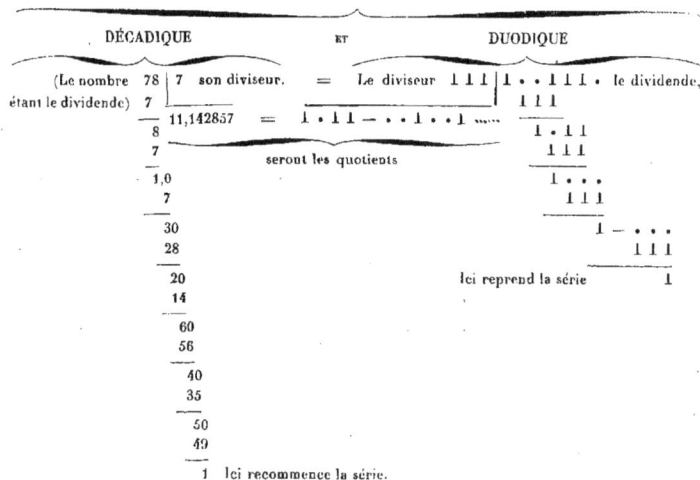

Revenant aux petits compteurs, ajoutons que pour introduire significativement et uniformément dans leur esprit les seize premiers nombres, et surtout la valeur et le mérite des collections de seize unités, mieux que ne pourraient le faire les deux chiffres duodiques rangés sur une trop longue ligne horizontale, lorsque les nombres qu'ils auraient à se réprésenter, et sur lesquels ils auraient à opérer, dépasseraient de beaucoup *seize,* il conviendrait de se servir de seize signes, quantité exigée par le système de numération seizanique que nous allons accoster, et dans lequel, au surplus, en partant du premier on peut en toute aisance s'insinuer sans secousse et par filiation, comme étant une dépendance ou une suite homogène du système duodique, lequel ne vaut, comme système avantageusement serviable, qu'en tant qu'il est la base première, explicite ou sous-entendue, de tout autre système complet et régulier.

Cependant la question des signes élève notre esprit au-dessus des nombres, car elle a pour objet la corporification de tout ce qui n'a pas l'existence actuelle. Ainsi, et en particulier, de même que pour nous mettre en communication avec nos semblables nous donnons un corps à nos pensées en nous servant, entre autres, de la parole orale et de la parole écrite, laquelle dernière est en outre affectée à fixer la fugitivité de l'expression temporelle; de même aussi il y a une arithmétique pour les yeux et une pour l'oreille, chacune desquelles a son point commun de réunion dans l'arithmétique mentale. Mais cette arithmétique substructive ne peut, non plus que quoi que ce soit d'intelligible, se passer, pour être portée à l'existence même mentale, de signes représentant l'intelligence nu-

3

mérique; et cependant, comme chaque individu, s'il était abandonné à lui-même dans la composition signifiante à faire à ce sujet, se forgerait dans son intérieur, selon l'élévation de son esprit et la nature propre de son imagination, des procédés computatifs qui pourraient ne pas être les meilleurs, et des signes propres à lui seul, il devient nécessaire pour une communication générale des idées numériques, d'avoir des signes fixés dans l'espace extérieur pour rallier uniformément autour d'eux, à titre de types communs, les divergences des imaginations s'exerçant individuellement sur ce sujet. — Il faudrait donc d'abord fixer ces signes, auxquels il y aura ensuite à attacher une prononciation orale commune.

Mais chaque système de numération doit avoir pour son usage, et en quantité requise par chaque base, des signes non-seulement différents entre eux, mais en outre distinctifs de tout autre système, pour écarter la possibilité d'une confusion quelconque. Ainsi, les dix signes ou chiffres à l'usage de la numération décadique, lesquels ont d'ailleurs le désavantage de n'avoir entre eux aucune corrélation de forme, apparente du moins, qui serve à les lier par une dépendance réciproque de figure, ne peuvent être employés par le nouveau système que nous traitons, mais doivent rester exclusivement attachés à leur numération particulière avec laquelle ils nous sont venus, et avec laquelle tant de choses depuis ont été consignées dans les archives de l'Humanité.—Il y aurait donc à produire de nouveaux signes arithmético-numériques. — En attendant qu'on se livre à la recherche de ce qu'il y a de mieux à adopter à cet égard pour l'application de notre présent but, nous allons en proposer, et seulement pour avoir quelque chose sous les yeux

sur quoi nous fixer, quelques-uns, auxquels nous ferons ensuite correspondre une prononciation équivalente.

Or, ces signes à tracer dans l'espace ne peuvent être indépendamment du *point*, et si l'on veut se limiter à les
figurer avec des lignes, que rectilignes, curvilignes, ou
mixtes. N'ayant aucun motif ici d'en employer d'autres que
des rectilignes, en voici seize de cette espèce chargés de
représenter les seize premiers nombres naturels, accompagnés des mêmes seize nombres décadiquement chiffrés et
correspondants chacun à chacun :

·, 1, ∨, △,   □, □̇, □̆, □̂,   ◰, ◱, ◲, ◳,   ⊠, ⊠, ⊠, ⊠,   ⊞
0, 1, 2, 3,   4, 5, 6, 7,   8, 9, 10, 11,   12, 13, 14, 15,   16.

Pour porter, au moyen de ces signes, les nombres entiers
au delà de *seize,* on n'aurait qu'à convenir que les chiffres
qui sont à la droite du signe ⊞ seraient à ajouter à ce nombre *seize,* tandis que ces mêmes chiffres étant placés à sa
gauche en seraient les multiplicateurs. Ainsi, et sans dépas-
ser la première puissance du nombre *seize,*

⊞ ,	signifierait	1	× 16	et	0	=	16
⊞ 1 ,	»	»	» »	»	1	=	17
⊞ ∨ ,	»	»	» »	»	2	=	18
⊞ △ ,	»	»	» »	»	3	=	19
» ⁝							
∨ ⊞ ;	»	2	× 16	»	0	=	32
△ ⊞ 1 ,	»	3	» »	»	1	=	49
□ ⊞ ∨ ,	»	4	» »	»	2	=	66
□̇ ⊞ △ ,	»	5	» »	»	3	=	83
⁝ » ⁝							

Mais le signe ⊞ devenant inutile quand on le fait précéder par sa gauche d'un autre chiffre qui en est le multiplicateur, on pourrait le sous-entendre et le remplacer par un des autres chiffres, chacun desquels même, au delà du premier seizain, accuserait par son rang les puissances du nombre *seize,* dont il tiendrait la place. Suivant cette convention montrons immédiatement, en remplaçant le signe ⊞ par un des quinze signes qui le précèdent, la forme que prendront les nombres entiers sous l'empire *seizanique,* signifiés avec nos nouveaux chiffres : distinguant l'unité duodique, soit 1, de l'unité seizanique par l'adjonction d'un petit trait posé au haut de ce chiffre, tel que I.

SIGNES

SEIZANIQUES.	DÉCADIQUES.							SEIZANIQUES.	DÉCADIQUES.					
] •	serait	16	×	1	et	0	= 16	∨ •	serait	16	×	2	et 0	= 32
]]	»	»	»	»	»	1	= 17	∨]	»	»	»	2	» 1	= 33
] ∨	»	»	»	»	»	2	= 18	△ ∨	»	»	»	3	» 2	= 50
] △	⋮	⋮	⋮	⋮	⋮	3	= 19	□ △	⋮	⋮	⋮	4	⋮ 3	= 67
] □						4	= 20					5	4	= 84
] Ċ						5	= 21					6	5	= 101
] Č						6	= 22					7	6	= 118
] Ĉ						7	= 23					8	7	= 135
] ⊓						8	= 24					9	8	= 152
] ⊓						9	= 25					10	9	= 169
] ⊓						10	= 26					11	10	= 186
] ⊓						11	= 27					12	11	= 203
] ⊠						12	= 28					13	12	= 220
] ⊠						13	= 29					14	13	= 237
] ⊠						14	= 30					15	14	= 254
] ⊠						15	= 31					15	15	= 255

Que si on voulait porter le nombre *seize* au delà de sa première *puissance*, on aurait pour les puissances subséquentes de ce nombre:

SIGNES

	DÉCADIQUES.	SEIZANIQUES.
pour (16)^0 =	1,	] —
» (16)^1 =	16,	] • —
» (16)^2 =	256,	] • • —
» (16)^3 =	4 096,	] • • • —
» (16)^4 =	65 536,	] • • • • —
» (16)^5 =	1 048 576,	] • • • • • —
» (16)^6 =	16 777 216,	] • • • • • • —
» (16)^7 =	268 435 456,	] • • • • • • • —
» (16)^8 =	4 294 967 296,	] • • • • • • • • — ;

et appliquant ces *puissances*, comme exemples, à la figuration de quelques nombres par les signes seizaniques, on aurait.....

DEUXIÈME PARTIE.

SIGNES		
	DÉCADIQUES	SEIZAINIQUES
pour 1 =	0 × (16) et 1,	I—
» 18 =	1 » (») » 2,	I V—
» 291 =	1 × (256) et 2 » (») » 3,	I V △—
» 4,660 =	1 × (4096) et 2 » (») » 3 » (») » 4⁻,	I V △ □—
» 74,565 =	1 × (65536) et 2 » (») » 3 » (») » 4 » (») » 5,	I V △ □ Y—
» 1,193,046 =	1 × (1048576) et 2 » (») » 3 » (») » 4 » (») » 5 » (») » 6,	......
	15,	⊠—j

Où l'on voit ce qu'il y aurait à faire pour reproduire seizaniquement la série des nombres naturels poussée jusqu'à la porte d'entrée de la seizième puissance du nombre *seize*. Après quoi, et pour les puissances plus élevées de ce nombre, on ferait sans doute ce que l'on fait décadiquement, et par esprit de suite, à partir de la dixième puissance du nombre *dix*.

Passant de là aux parties de l'unité, je veux dire aux fractions duodiques, car pour les seizaniques leurs formes propres au calcul sont déjà tracées dans le système décadique, qu'il n'y aurait qu'à imiter à ce sujet; passant, dis-je, à la considération des fractions duodiques, on pourrait les figurer, pour la commodité populaire, en retournant les nouveaux signes à peu près comme suit(*), et de façon qu'on désignerait

$$\frac{1}{2}, \ \frac{1}{3}, \ \frac{1}{4}, \ \frac{1}{5}, \ \frac{1}{6}, \ \frac{1}{7}, \ \frac{1}{8}, \ \frac{1}{9}, \ \frac{1}{10}, \ \frac{1}{11}, \ \frac{1}{12}, \ \frac{1}{13}, \ \frac{1}{14}, \ \frac{1}{15}, \ \frac{1}{16},$$

par $\wedge, \ \triangledown, \ \diamondsuit, \ \sqcap, \ \sqcap, \ \sqcap, \ \diamondsuit, \ \boxplus, \ \boxplus, \ \boxplus, \ \oplus, \ \boxtimes, \ \boxtimes, \ \boxtimes, \ \diamondsuit,$

et les signes des nombres entiers placés à leur gauche en seraient les numérateurs; d'où

$\frac{1}{2}$ étant $\wedge$,　$\frac{2}{2}$ seraient $\vee \wedge$, soit 1

$\frac{1}{4}$　»　$\diamondsuit$,　$\frac{3}{4}$　»　$\triangle \diamondsuit$,

$\frac{1}{8}$　»　$\diamondsuit$,　$\frac{3}{8}$　»　$\triangle \diamondsuit$,　$\frac{5}{8}$ seraient $\square \diamondsuit$,　$\frac{7}{8}$ seraient $\square \diamondsuit$,

$\frac{1}{16}$　»　$\diamondsuit$,　$\frac{3}{16}$　»　$\triangle \diamondsuit$,　$\frac{6}{16}$　»　$\square \diamondsuit$,　$\frac{7}{16}$　»　$\square \diamondsuit$, ...

Et même, faisant faire aux *duodicaires* une petite excursion chez leur plus proche voisin, le nombre trois,

On poserait pour $\begin{cases} \frac{1}{3}, & \triangledown \\ \frac{2}{3}, & \vee \triangledown \\ \frac{1}{6}, & \sqcap \\ \frac{5}{6}, & \square \sqcap \\ \vdots \end{cases}$

(*) Ce qui au surplus, et en supposant que des signes plus différents fussent nécessaires à ces fractions, évite à moi la peine de faire fondre d'autres caractères d'imprimerie, et au lecteur sérieux, l'embarras de faire connaissance avec de nouvelles figures, que nous ne proposerions d'ailleurs que comme provisoires.

Cependant, il est évident que tous ces chiffres dont nous venons de faire usage, ne peuvent servir duodiquement que pour désigner brièvement les nombres entiers et les fractionnaires, et non pour opérer arithmétiquement dans le système duodique, lequel, pour cette fin, n'exige que deux chiffres, et auquel il est facile de ramener l'énonciation des nombres prise dans la numération seizanique; pour quoi faire, il n'y a qu'à étendre sur quatre rangs d'unités ou de zéros chaque chiffre seizanique.

Ainsi ayant, par exemple,

18, soit	1 ∨ on en fait	1, ･ ･ 1 ･ —	Après quoi
291, »	1 ∨ △ »	1, ･ ･ 1 ･, ･ ･ 1 1 —	on opère sur
4660, » 1 ∨ △ □	» 1, ･ ･ 1 ･, ･ ･ 1 1, ･ 1 ･ ･ —	ces derniers
9087, » ∨ △ △ ⊠	» 1 ･, ･ ･ 1 1, ･ 1 1 1, 1 1 1 1 —	chiffres.

BIBLIOTHÈQUE NATIONALE DE FRANCE

3 7531 01396975 4

www.ingramcontent.com/pod-product-compliance
Lightning Source LLC
Chambersburg PA
CBHW051144260626
47170CB00005B/1961